EL HOMBRE LLAMADO
BOWDRY

UN OESTE INFERNAL

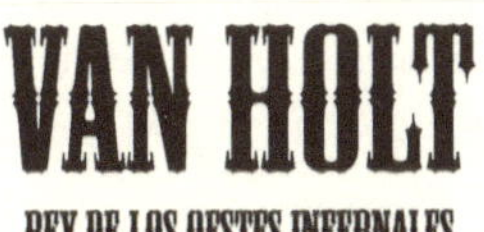

VAN HOLT

REY DE LOS OESTES INFERNALES

THREE KNOLLS
PUBLISHING
& PRINTING

CAPÍTULO 1

No se sabe mucho sobre el hombre llamado Bowdry. Los hechos desnudos son los siguientes. En algún momento alrededor de 1880 cabalgó en Gray Buttes, Nevada, una ciudad olvidada durante mucho tiempo, se quedó por un tiempo en la cabaña Pollard en las colinas y, después de que el anciano fuera asesinado, hizo una guerra implacable contra el equipo vecino de 3 barras que se ejecutó por el clan Wadley, conocidos ladrones de ganado y matones. Luego desapareció, para no ser visto más, ni nunca más se supo de él.

Hubo quienes dudaron si su verdadero nombre era Bowdry. Algunos incluso sospechaban que él era realmente el hijo perdido del anciano Pollard y que su nombre era Will Pollard, un misterioso pistolero que deambulaba por el oeste antiguo. Pero antes de que apareciera el extraño nunca se le había ocurrido a nadie que el viejo Pollard podría tener un hijo, y la mayoría se hubiera reído de la idea de que estuviera relacionado de alguna manera con el legendario pistolero que tenía el mismo apellido.

Nadie sabía mucho sobre el viejo. Nadie siquiera sabía cuál era su primer nombre. La gente de Gray Buttes simplemente lo llamaba Pollard o el viego Pollard, y sonreía de cierta manera cuando lo mencionaban. Se guardó para sí mismo, apenas gruñó si se le hablaba, y se consideró bastante extraño o "gracioso."

No había nada inusual en la apariencia del anciano. Era alto y delgado, un poco encorvado por los años, su pelo era blanco, y sus ojos estaban desteñidos de azul. Un día, unos años antes, había salido del desierto buscando descanso. Se había mudado a una choza abandonada en las áridas colinas rocosas al sur de la ciudad, en el límite del rango utilizado por el 3-Bar, que en ese tiempo fue propiedad y dirigido por Harris Thacker. Thacker, viendo que el anciano deseaba quedarse solo, le había dicho a sus hombres que se mantuvieran alejados de la choza y que dejaran al viejo ermitaño en paz. Luego, los Wadley se hicieron cargo del 3-Bar, después de comprar a Thacker o ahuyentarlo. Thacker había abandonado el país a toda prisa antes de que nadie pudiera averiguar con certeza cuál era. Incluso sus hombres no parecían saberlo, pero en cuanto a ellos mismos, se les ordenó que derivaran, y flotaron.

Luego los Wadley le hicieron una visita al anciano Pollard, cabalgando bruscamente hasta su puerta y ofreciéndole cien dólares por la choza y el abrevadero, a pesar de que dijeron que sabían que estaba en cuclillas en una tierra a la que no tenía derecho. El anciano dijo que estaba allí y que quería quedarse. Rufe Wadley, el líder de cara roja y engreído del pelotón, le aconsejó que lo pensara detenidamente, pero que no tardara demasiado.

Unas noches más tarde, alguien disparó a la cabaña con un rifle, y se escuchó a algunos de los hombres de Wadley bromear entre ellos en el abrevadero de Waterhole. El viejo Pollard no dijo nada al respecto, pero la próxima vez que vino a la ciudad para abastecerse, trajo una escopeta de doble cañón y había una vieja pistola de la Guerra Civil clavada en su cinturón, una Colt de percusión que había sido convertida para usar cartuchos. Dos de los Wadley estaban en la ciudad ese día y se rieron entre dientes cuando vieron al anciano, pero no dijeron nada hasta que se fue con su saco de comprados atado detrás de la silla de montar, dirigiéndose a su choza.

Bowdry cabalgó a la ciudad en un día ventoso de otoño cuando las colinas del este se oscurecieron de polvo soplando. Cabalgó lentamente sobre un caballo oscuro, y solo unas pocas personas se dieron cuenta de que se apresuraban a salir de la calle fría y ventosa. Cuando lo vieron, se detuvieron para mirar más de cerca. Llevaba un abrigo largo y oscuro y un sombrero negro doblado sobre los ojos para protegerse del polvo.

No tenía más de treinta años, pero su cabello oscuro teñido de cobre ya estaba manchado de gris en las sienes, dándole una mirada digna. Era alto, un poco más de seis pies, y recto sin estar rígido. Vino natural.

Su rostro oscuro y curtido no cambió mientras cabalgaba por la calle más allá de la gente que observaba. Los miró brevemente con una sonrisa remota en sus ojos azules, pero se dirigió al establo sin hablar con nadie.

En esa tierra vacía, el viento parecía soplar siempre. Todavía soplaba una hora más tarde cuando Bowdry salió de Nevada House, bien afeitado y con un abrigo de pana y pantalones oscuros. Fue visto cruzando la calle hacia el abrevadero Waterhole. Y debe haber estado allí, bebiendo cerveza y escuchando la charla ociosa, que se enteró por primera vez del problema que el anciano Pollard estaba teniendo con el clan Wadley.

Mientras Bowdry estaba en el abrevadero, el empleado del hotel, un joven apuesto con grandes ojos grises y vidriosos, subió las escaleras silenciosamente hasta el cuarto del desconocido y se dejó entrar. Echó un vistazo al largo abrigo oscuro que colgaba en la esquina, luego sus ojos fue a las alforjas y al rollo de manta en el piso. Fue en las alforjas donde encontró lo que estaba buscando: un cinturón de cartuchera desgastado con el ruso Smith & Wesson .44 en la pistolera. La pistolera vacía de drenaje cruzado explicaba el ligero bulto que había notado bajo el abrigo de Bowdry, si Bowdry era realmente el nombre del hombre. El empleado había oído que Will Pollard, el pistolero famoso, tenía un par de Smith & Wesson, un Tercer Modelo Ruso y un Nuevo Modelo Americano, y llevaba uno de ellos de drenaje cruzado.

Cuando Bowdry regresó al hotel, el empleado estaba sentado en el escritorio, leyendo una novela de diez centavos, su cara como una máscara. Miró a Bowdry a través de las ventanas vacías de sus ojos. Bowdry parecía perdido en sus pensamientos y apenas lo notaba. Tomando su llave, silenciosamente subió las escaleras a su cuarto.

Cuando bajó un poco más tarde, llevando sus alforjas y su manta enrollada, fruncía levemente el ceño. Había descubierto pruebas de que el empleado estaba fisgoneando. Algo no había sido devuelto a la perfección.

El empleado, educadamente cortés, fingió no notar el frío en los ojos azules de Bowdry. Dejó su libro a un lado y expresó su sorpresa y lamento de que Bowdry se fuera tan pronto.

"Puede que regrese en un día o dos," dijo Bowdry, dándole la espalda al empleado. Él había pagado por su cuarto por adelantado.

Cuando Bowdry salía del hotel, dos hombres cabalgaban lentamente hacia la ciudad desde el sur: dos hombres que Bowdry pronto mataría, Hunk Wadley y Grat Bowers. Pero él no lo sabía entonces, y no lo hubieran creído si alguien se los hubiera contado. Ellos se hubieran burlado ante la idea. De hecho, se burlaron un poco cuando vieron que Bowdry les miraba y luego bajaban la calle hacia el establo. Él no se parecía mucho a ellos.

"Algún tipo," murmuró Bowers, con una sonrisa torcida.

"Debía que nos vió venir," comentó el huaño Hunk Wadley, con su cara roja y pequeños ojos traviesos brillando en una sonrisa.

"Parece que se va de la ciudad. El viejo Pollard debería ser tan inteligente y salir del país."

Bowdry consiguió su caballo del establo, cabalgó hacia el oeste hasta que estuvo a media milla de la ciudad, luego giró hacia el sur. No le había preguntado a nadie cómo llegar a la choza de Pollard, pero se dirigió en esa dirección como si conociera el camino, y caminó con su caballo cansado hacia el patio delantero mientras el sol se extinguía detrás de las áridas colinas erosionadas del oeste.

El anciano Pollard estaba de pie en la puerta con el resplandor carmesí y la escopeta acunada en sus brazos, mirando al joven del caballo marrón. Estaba desteñido, los ojos azules helados se encontraron con ojos que eran de un azul más profundo y más oscuro.

El extraño enganchó un pulgar hacia atrás en el letrero de la placa detrás de él que decía: "Detener el infierno fuera de mi tierra." "Es una señal bastante grosera, considerando que ésta no es tu tierra. No por derecho."

"Tengo derechos," dijo el anciano. "Los derechos de los invasores."

"Los invasores no tienen derechos."

El anciano le dio una palmada al Greener. "Esto dice que tengo derechos."

El hombre más joven miró hacia la escopeta, luego relajó su posición en la silla de montar. "Escucho que tienes problemas," dijo distraídamente.

"Nada que no puedo manejar," le informó el viejo Pollard, sin ablandarse un poco.

Bowdry lo estudió en silencio y atentamente por un momento, sus ojos eran aún más directos e inquisitivos que antes.

Por fin fue el anciano quien miró hacia otro lado. Él movió sus hombros en lo que podría haber sido un encogimiento de hombros. "No necesito ningún pistolero," dijo.

Algo parecido a la tristeza apareció brevemente en los profundos ojos azules de Bowdry, luego desapareció. Su tono era natural. "Por lo que escuché, un pistolero es justo lo que necesitas."

Los ojos del anciano de repente fueron amargos y acusadores. "¿Cómo me encontraste?"

Bowdry se encogió de hombros. "Solo un accidente. De vuelta en la ciudad, supe de un viejo tonto que intentaba matarse en una choza sin valor que ni siquiera le pertenecía. Sonó como tú. Pensé en salir y echar un vistazo."

"Has tenido tu vistazo," dijo el viejo Pollard con dureza. "Ahora puedes seguir su paseo. O regresar a la ciudad y únete a la multitud que está riendo y bromeando de mí. No me importa."

Bowdry pareció suspirar sin hacerlo, y una repentina expresión de cansancio envejeció su rostro. "No vi ninguna multitud," dijo. "Es un lugar bastante muerto."

"Eso es," el viejo estuvo de acuerdo. "No hay futuro por aquí para un joven como tú. Es mejor que te vayas antes de que alguien tenga la idea que te envié o algo por el estilo. No me gustaría que nadie piense eso."

"Esperaba que me invitaras a quedarme unos días," dijo Bowdry ociosamente, con la mirada fija en la sombreada cabaña gris, el caballo ruano en el corral y las empinadas laderas rocosas que se alzaban por todo el lugar.

"Mi caballo podría usar un descanso," agregó. "Yo también."

"No quiero que estés aquí, muchacho," dijo el viejo Pollard con voz ronca, su boca delgada extrañamente retorcida. "No puedo decirlo mucho más claro que eso. Nunca has tenido mucho uso para mi y no puedo culparte por eso. Fue un momento en el que esperaba verte de nuevo antes de morirme. Pero es demasiado tarde para eso ahora. Regrésate a casa y olvídate que alguna vez me has visto."

Bowdry pareció tragar, aunque su cara era como piedra. Sostuvo su silla inmóvil y silenciosa por un tiempo, sus ojos fríos y azules mirando al anciano. Luego, sin decir nada, bajó y comenzó a quitar el equipo de su caballo.

"¿Estás loco?," gritó el anciano. "¡Esta vieja cabaña ni siquiera vale la pena morirme, mucho menos los dos!"

CAPITULO 2

Estaba casi oscuro en la cabaña. Bowdry se sentó en un banco contra la pared, en silencio limpiando sus armas - relucientes pistolas-azul-acero, uno con mangos de madera de nogal lisas y una de madera de nogal a cuadros. Ambos dispararon el cartucho ruso .44, que podría ser recargado. Una vez echó un vistazo al escopeta Greener en las estacas sobre la chimenea de la estufa. Él no parecía darse cuenta de que el viejo de pelo blanco que estaba sentado al final de la mesa de tablónes, consumiendo café negro amargo y mirándolo con algo como odio en los ojos azules y helados.

"Creo que nunca escuchaste lo que dije," gruñó el anciano finalmente.

Bowdry siguió trabajando con sus armas como si no hubiera escuchado. Pero después de un silencio que irritaba los nervios y el temperamento del anciano, dijo en un tono suave y ocasional," Me quedo. No hay sentido discutirlo."

"Solo una pérdida de tiempo," dijo el viejo Pollard. "Estaba a punto de empacarme y salir. Estaba pensando en irme esta noche."

Bowdry alzó sus ojos azules y estudió al anciano pensativamente. "Creo que es una buena idea," dijo. "Simplemente te meterás en el camino."

"¡Yo me interpondré en el camino!," repitió el anciano, temblando de ira. "¿A quién crees que estás hablando? ¡Yo vivo aqui! ¡Esta es mi casa! ¡Nunca te pedí que vinieras aquí! ¡Tú eres el que se interpondrá en el camino!"

Las palabras enojadas no tuvieron efecto en Bowdry. Volvió a cargar la pistola con los puños a cuadros y la deslizó dentro de la funda de drenaje cruzado, con la culata hacia adelante y hacia la derecha. Luego empezó a trabajar en el ruso. El arma pesada parecía liviana en las manos que funcionaba sin prisa con una facilidad de una larga familiaridad con las armas.

"Este es el tipo de cosas en las que soy bueno," dijo. Él quiso decir pelear. "Es casi todo lo que sé hacer."

"Oh, he oído algo de ti," dijo el viejo maliciosamente, casi regodeándose. "Creo que todo el mundo ha oído hablar de ti, incluso del grupo de Wadley. Cuando descubran que estás aquí, creo que empacarán y se largarán tan rápido como puedan."

De nuevo, Bowdry no respondió de inmediato. Su duro rostro impasible no cambió. Lo que sentía, en todo caso, permanecería atrapado dentro de él hasta el día de su muerte. Tal vez no quería que el viejo supiera que le importaba, si lo hacía. Cuando habló, su voz era tranquila e informal, como antes. Él podría haber estado discutiendo el clima. "Ellos no me conocen de Adán. Si descubren quién soy, será sin ayuda mia."

"Ya veo," dijo el viejo Pollard, sonriendo amargamente y asintiendo con la cabeza blanca como si hubiera sospechado todo el tiempo. "Creo que no puedo culparte por no usar tu propio nombre. ¿Qué nombre estás usando, si no te importa que te pregunte?"

"Bowdry."

"Bowdry," dijo Pollard lentamente, entendiéndolo. "Bueno, no es un gran nombre, pero si te gusta, supongo que eso es lo que cuenta. ¿Que es lo que quieres que te llame?"

"Ponte cómodo." Entonces, para sorpresa del anciano, los labios de Bowdry se torcieron en una sonrisa fría. "Puedes seguir llamándome 'chico' por todo lo que me importa. Ya llegué a la edad en la que no me molesta."

Pollard lo miró con incertidumbre en la luz menguante. Cuando el anciano volvió a hablar, su voz, aunque fuerte y firme, sonaba como si fuera a romperse. "Cuando tu madre murió, no creo que nadie pueda culparte por salir. Ella fue la única razón por la que te quedaste allí todo el tiempo que lo hiciste. Sabías que pronto estaría saliendo de nuevo. Nunca estuvo por allí mucho. No puedo culparte por sentirte de la manera en que lo hiciste."

"Hablas demasiado," dijo Bowdry en voz baja.

El viejo tiró del dorso de una mano nudosa sobre su boca apretada y desagradable. "Sí, creo que sí. Siempre hablé demasiado en lo que a ti respecta. Bueno, diré un poco más mientras estoy hablando. También podrías escuchar el resto, ya sea que quieras o no. Con los dos desaparecidos, no podía quedarme allí sola, así que vendí el lugar anterior por lo que podía conseguir y decidí que podría recuperar mi viaje, ver todas las cosas que extrañaba. Bueno, yo viajé. Seguí viajando por más de diez años casi sin parar. Entonces, un día, me di cuenta de que estaba cansado de viajar. Nunca quise dar un paso más o andar otra milla mientras viví. Fue entonces cuando encontré esta vieja choza. No había estado nadie viviendo aquí por años. Así que me mudé y me dije que me quedaría aquí por el resto de mis días. No me arrepiento de mi decisión tampoco. Creo que me cansé de viajar para siempre. Solo la idea de tener que irme de aquí, a mi edad, me da ganas de ponerme a llorar. Creo que prefiero quedarme aquí y disparar con los Wadley y sus hombres. No tienen derecho a entrar aquí y decirme que tengo que mudarme. Ellos no son dueños de esta tierra. Pero prefiero emprender el camino de nuevo esta noche que no te confundas en esto. Nunca pude hacer mucho por ti, pero traté de no hacer mal por ti. Por las cosas que seguí oyendo de ti, pensé que te matarían hace mucho tiempo. Pero cuando sucede, no quiero que sea por culpa mia. Simplemente no lo valgo, como bien lo sabes."

"No lo estoy haciendo por ti," dijo Bowdry. "Lo hago porque no sé cómo hacer otra cosa."

Los ojos del anciano estaban húmedos. Pero después de un momento negó con la cabeza. "No lo creo. Siempre fuiste bueno en todo lo que intentabas hacer. Tal vez te has convencido a ti mismo de que te convertiste en un pistolero porque no pudiste haber sido otra cosa, pero nunca me convencerás. Podrías haber sido lo que quisieras ser. Usted simplemente no lo quería lo suficientemente. Como yo."

"Quizás tengas razón," dijo Bowdry, después de pensar por un momento. "Bueno, supongo que no importa ahora. Soy lo que soy y tú eres lo que eres. Supongo que tendremos que dejarlo así."

No pareció darse cuenta de que el anciano parecía bastante satisfecho consigo mismo, como si hubiera obtenido una pequeña victoria. Bowdry se puso de pie y se abrochó la correa, inclinándose para atar las pistoleras. Dio un paso hacia la ventana y se quedó mirando hacia el corral.

"¿Quién viene a verte?," preguntó.

El anciano gruñó de sorpresa. "No te preocupes mucho."

"Sé que no horneaste ese pan ligero," le dijo Bowdry. "Eres un cocinero peor que yo. Alguien te lo trajo. Probablemente alguna vieja bruja con la que te hayas enfrentado."

"Muchacho, no es así," murmuró el anciano. "No sabes de lo que hablas."

Bowdry se encogió de hombros. "No me importa," dijo. "Creo que iré a dar un paseo."

"Pensé que tu caballo estaba cansado."

"No voy a ir muy lejos."

"Si eres inteligente, seguirás montando."

"Si fuera inteligente, nunca habría venido aquí."

"Diablos, ya conozco, chico."

Bowdry se había ido por casi dos horas, parecía más largo. El viejo Pollard caminó de un lado a otro por el suelo de la cabaña, yendo a menudo a la ventana para mirar. Y mientras caminaba de un lado a otro, murmuró algo para sí mismo, como solía hacer, viviendo solo.

"Dijo que no se iría por mucho tiempo. Fui a la ciudad, como si no. Puede ser que ni siquiera regrese."

Los ojos del anciano se humedecieron y su boca tembló. Él terminaría muriendo aquí solo después de todo. No hay necesidad de esperar nada de ese hombre remoto y de rostro duro que ahora se hacía llamar Bowdry. Cualquiera que haya sido el sentimiento entre ellos una vez estuvo muerto ya hace mucho tiempo. Había pasado demasiado tiempo desde que se habían visto, habían pasado muchas cosas y, para empezar, nunca habían estado muy amados. Ahora Bowdry había venido aquí como un extraño, con los ojos fríos y vacíos, hablando de quedarse, pero tal vez nunca con la intención de hacerlo.

"Es probable que siga mi consejo y continue en su viaje," pensó el anciano en voz alta. Últimamente parecía que no podía pensar a menos que dijera las palabras en voz alta, y esto lo hizo preguntarse si su mente estaba faltandado. Sus nervios ya estaban agotados. Los últimos días los habían terminado. La espera, la tensión constante, la incapacidad para dormir por temor a que se acercaran furtivamente a la choza, pateen la puerta y lo asesinen. Nunca había tenido nervios como Bowdry, y le resultaba cada vez más difícil creer que el joven tranquilo y calmado podría ser su hijo. En muchos sentidos, Bowdry ni siquiera parecía humano. Algunas de las emociones habituales habían quedado fuera de él. Le inquietaba el anciano, porque había oído que muchos asesinos eran así. Solía ser un gran lector de periódicos, y con frecuencia había leído sobre asesinos a prueba de sus vidas, sin mostrar ninguna expresión durante todo el procedimiento. Por supuesto, aquí en el oeste, por lo general, no había ningún justicia. A menudo no había ley, que fue el caso aquí.

"Como siempre, era un chico extraño y tranquilo, y nunca dejaba que nadie supiera lo que estaba pensando," reflexionó el viejo Pollard. "Pero estoy seguro de que nunca pensé que saldría como él lo hizo. "¡Un pistolero!"

Justo en ese momento una bala destrozó el único cristal que quedaba en la ventana delantera, y el viejo Pollard, con un grito ronco, agarró su escopeta, aunque sabía que estaban fuera de alcance.

Fue Hunk Wadley quien disparó el tiro suertoso. Él y Grat Bowers, de camino a casa desde la ciudad, habían detenido sus caballos en la cresta bordeada de rocas al este de la cabaña Pollard. Hunk sacó su Henry de la vaina y disparó desde la silla de montar, estabilizando su caballo con sus rodillas. Cuando escuchó el tintineo gratificante de vidrio, se rió por la sorpresa, y Grat lo miró con asombro. Fue un buen disparo desde la parte trasera de un caballo, por la noche. Usualmente desperdiciaban varias rondas en la pared de troncos antes de que un disparo bien ubicado encontrara la ventana, que había estado oscura desde la primera noche.

"Eso mostrará al bastardo viejo," dijo Hunk, riendo.

Levantó al Henry para disparar de nuevo, y en ese instante una bala se arrancó el sombrero de su cabeza. Un arma explotó desde las rocas a diez metros de distancia, el hocico anaranjado parpadeó casi tan atemorizante como el rugido repentino. Los pequeños ojos de cerdo de Hunk cortaron hacia el fogonazo, incluso cuando su caballo en ciernes casi lo derribó. Agarró el cuerno con la mano izquierda, se inclinó hacia abajo en la silla de montar y salió de allí, con Grat detrás de él. La pistola en las rocas lanzó tres disparos más tras ellos mientras bajaban tronando de la cresta y galopaban hacia el sur.

Poco tiempo después, Bowdry trotó a su caballo por la ladera y al patio.

"¿Quién es ese?," soltó Pollard roncamente a través de la ventana rota, sus manos sudorosas agarrando el Greener. "¿Eres tú, chico?"

Bowdry gruñó afirmativamente y giró su caballo hacia el corral. El anciano salió con su escopeta, diciendo emocionado: "Estaban aquí otra vez, chico! Disparando a la casa como antes! ¡Vidrio por todos lados! ¡Debes haber escuchado los disparos! ¡No se han ido sino unos minutos!"

Bowdry miró al anciano en silencio, luego bajó de su caballo y comenzó a desensillarse.

"No sabia si regresaría o no," dijo Pollard, acercándose. "Supongo que no podría culparte si no lo hubieras hecho. Esto es suficiente para poner nerviosos a todos." Miró al pistolero silencioso. "Cualquiere que tenga nervios, de todos modos."

Al parecer, el viejo había decidido que quería que Bowdry se quedara. Pero es dudoso si Bowdry se hacía ilusiones sobre el cambio de opinión del anciano. Después de un breve tiempo, el viejo Pollard volvió a pensar primero en sí mismo, como siempre lo hacía cuando las cosas se ponían difíciles.

CAPÍTULO 3

Después de una semana no había sucedido nada más, y Bowdry y el viejo estaban empezando a ponerse de los nervios. Ambos solitarios, ninguno podía soportar la compañía de otra persona durante mucho tiempo seguido, y ninguno estaba cómodo con el otro, aunque Bowdry sufrió menos incomodidades y lo ocultó mejor que el viejo.

"No tienes que quedarte aquí y vigilarme todo el tiempo, chico," dijo finalmente el anciano. "He estado buscándome por un hechizo bastante grande ahora, y estaba bien antes de que aparecieras. ¿Por qué no te vas a la ciudad y dejas escapar un poco de energía antes de empezar a ponerte de mal humor? Me gustaría hacerlo yo mismo, pero no me hace ningún bien. Me pongo más irritable. Nunca podría soportar estar cerca de las personas. Es por eso que me había ido tanto cuando eras un niño. No estaba fuera divirtiendome un buen momento, como tu madre parecía pensar. Por lo general solía irme a vivir al interior del país, vivir de la tierra o quizás buscar un poco de dinero."

"¿Qué pasa si vengan los Wadley?" preguntó Bowdry.

"Tengo el Greener y el viejo Colt. Si se divierten por aquí será bajo su propio riesgo."

Bowdry permaneció de pie junto a la puerta de la choza, mirando hacia las rocas. Los Wadley podrían regresar a cualquier tiempo, si es que lo hacen, y no podría quedarse allí y proteger al viejo para siempre. Tenía su propia vida para vivir, tal como era.

Él se encogió de hombros. "Mi caballo podría usar el ejercicio y podría tomar una bebida. ¿Algo que pueda traerte?"

"No puedo pensar en nada que me falte, y juré que no bebería hace mucho tiempo." El anciano volvió sus ojos fríos y pálidos hacia Bowdry. "Nunca fue tan malo como algunos pensaban."

Bowdry no dijo nada. Después de un momento se puso el abrigo de pana, llevó su equipo al corral y ensilló el caballo marrón. Cuando estaba en la silla de montar, el anciano apareció a regañadientes en la puerta.

"Debería volver antes de tarde," dijo Bowdry.

"Tómate tu tiempo," gruñó el anciano. "Solo manténte atentos por los Wadleys."

"Haz lo mismo," dijo Bowdry.

Bajó hasta el pozo de agua, dejó que el caballo castrado bebiera, luego siguió el sendero hacia el este y dobló hacia el norte en dirección a Gray Buttes.

Se estaba haciendo tarde y un viento frío agitaba a los atrofiados cedros en las áridas laderas rocosas. Esta parte de Nevada se parecía mucho a algunas partes de Arizona y Utah, pero todo parecía más gris, más sombrío, con menos árboles y más rocas. Había rocas y afloramientos rocosos en todas partes. Algunas de las rocas habían sido gastadas en formas fantásticas por el viento, la lluvia y el tiempo, y las colinas estaban rígidas y silenciosas en el crepúsculo que se desvanecía.

Cuando Bowdry estaba casi en la carretera principal de la ciudad, que también era la carretera del Rancho 3-Bar, escuchó a caballos resoplar y trotar a lo largo de la carretera. Retiró el rastro del camino y los vio pasar en el crepúsculo cada vez más profundo. Había tres, dos que había visto en la ciudad en su primer día, Hunk Wadley y Grat Bowers, y uno que no había visto antes, un hombre alto y huesudo con un parche negro sobre un ojo y una barba gris corta, aunque no se veía tan viejo en la luz lijana. Según el viejo, el que tenía el parche negro se llamaba Lon. El anciano describió a la mayoría de los hombres de 3-Bar y nombró a algunos de ellos.

Grat entrecerró los ojos para mirar a Hunk y sus pesados labios se apartaron de sus dientes en una sonrisa. "¿Qué pasa si ese viejo está en la ciudad, o ese extraño que vimos en esas rocas el otro día?"

"No tienen los cojones," dijo el pelirrojo Hunk. "Después de dispararnos esa noche, no se atreverán a abandonar el lugar hasta que tengan que hacerlo. Entonces harán que no estemos en la ciudad antes de que entren con suministros o algo así. Pero espero que estén allí. Las cosas han sido aburridas últimamente."

Grat soltó una carcajada y se alejaron. Bowdry los miró con ojos fríos. Permaneció donde estaba por un tiempo después de que su ruido se desvaneció en la distancia, tratando de decidir qué hacer ahora, regresar a la choza o seguirlos hasta la ciudad.

Bowdry nunca había pensado en sí mismo como un héroe. Desde luego, no se comparó tanto con los héroes antiguos sobre los que había leído cuando era niño. Nunca había visto o matado a un dragón, o montado en un caballo alado. Él mismo no respiraba fuego ni huracanes. No podía agarrar un rayo del cielo y dirigirlo hacia un enemigo. Pero podría sacar un arma en una fracción de segundo y lanzar a un hombre al infierno, y lo probaría si fuera necesario.

Su cara morena y curtida se asemejaba a las rocas que lo rodeaban, sacó y comprobó primero una pistola y luego la otra. Luego se dirigió hacia la ciudad y la oscuridad pronto lo alcanzó.

Una vez cuando estaba a una milla de la ciudad, su caballo silbó nerviosamente y levantó la cabeza, mirando hacia algunos árboles y arbustos a la derecha del sendero. Con su mano izquierda sobre las riendas, Bowdry sostuvo al caballo al mismo lento trote. Su mano derecha fue a la culata del Modelo Ruso y descansó allí mientras él cabalgaba, esperando un disparo, listo para sacar y devolver el disparo.

Pero nada pasó. Él decidió que no eran los hombres de 3-Bar. Había viajado despacio a propósito para no alcanzarlos. Probablemente era algún viajero cauteloso que había oído el caballo de Bowdry y se había salido de la carretera, o un vaquero local que no estaba arriesgándose, las condiciones siendo lo que eran. Bowdry no lo culpó mucho, pero le preocupaba que el otro hombre lo hubiera escuchado primero. Eso no sucedía muy a menudo, y no tenía la intención de dejar que se convirtiera en un hábito.

Cuando llegó a la ciudad, la calle estaba oscura y desierta, a excepción de tres caballos atados al salón Waterhole. Bowdry sabía que serían los mismos tres que había visto antes.

Arrastró su propio caballo hacia la casa de Nevada, donde se había quedado durante aproximadamente una hora el día en que llegó a la ciudad, después de pagar por un cuarto con anticipación. Deberían darle un reembolso, pensó, pero no tenía intención de mencionarlo y sabía que no lo harían.

Al bajar, él envolvió las riendas alrededor de la barandilla, miró hacia el salón con ojos fríos y luego entró al lobby del hotel. El empleado de ojos de pez no estaba en el escritorio, ni nadie más. Bowdry entró por otra puerta al comedor y comió solo en la mesa de un rincón, bajo la mirada encubierta de unos pocos ciudadanos silenciosos que miraban hacia otro lado cuando los miraba.

Bowdry se encontró pensando en el viejo en la choza. No podía pero sentir lástima por el anciano, aunque no era fácil sentir lástima por alguien que se desvivía por ser desagradable. Deseaba un poco que el anciano estuviera aquí con él, disfrutando de una comida medianamente decente. Al menos fue un cambio de su tarifa de tocino y frijoles, habichuelas y tocino, y por supuesto, taza tras taza de café negro amargo, lo suficientemente fuerte como para flotar clavos.

Bowdry sospechaba que el anciano, a pesar de su valiente conversación, temía abandonar la choza debido a los Wadley.

En ese momento, Bowdry oyó una risa burlona en el salón, y su tenedor cortó el duro bistec como una cuchilla de afeitar.

Terminó su comida, dejó algunos monedas en la mesa y volvió a salir por el vestíbulo vacío, preguntándose casualmente dónde estaba el empleado apuesto. Se detuvo en la galería, mirando hacia el salón.

Frunciendo el ceño levemente, Bowdry condujo su caballo a través de la calle polvorienta y lo ató de nuevo al lado de los caballos de 3-Bar.

Hunk, Grat y el tuerto Lon estaban de pie a medio camino del bar cuando Bowdry entró lentamente por las puertas batientes. Se callaron y sus sonrisas se tensaron. Bowdry los miró deliberadamente mientras subía al bar, pero después de eso no los miró nuevamente y no lo miraron. No había nadie más en el salón excepto el somnoliento dueño.

Bowdry ordenó una cerveza y la bebió en silencio en un ceño fruncido, pensando en los tres hombres que estaban al otro lado del bar. Una vez, Grat susurró algo y Hunk resopló. Bowers se rió incómodo y luego tosió. Lon permaneció rígido y en silencio, manteniendo su único ojo en su vaso vacío.

Bowdry más bien disfrutó de su incomodidad. Empezó a pedir otra cerveza solo para prolongarla, y para demostrarles que no tenía prisa. Pero estaba inquieto por el viejo en la choza, y también tenía la sensación de que si estos tres hombres salían de la ciudad delante de él, podrían decidir esperarlo detrás de unas rocas. Sabían que si un extraño era asesinado en una emboscada nocturna, nunca se haría nada al respecto, y entonces tendrían a Pollard a su gusto.

Pagando por su cerveza, Bowdry salió a la barandilla y desató su caballo. Cuando estaba subiendo a la silla de montar oyó a Hunk en el salón decir: "Sabía que no se quedaría mucho tiempo. Está asustado, al igual que yo pensé."

Bowdry comenzó a bajar de su caballo, pero no quería que pareciera que estaba buscando problemas. Sabía que lo mejor que podía hacer era fingir que no había oído al gordo. Después de un momento dirigió a su caballo lejos del salón y cabalgó lentamente fuera de la ciudad, su cara puesto como piedra.

No había recorrido más de media milla cuando los oyó llegar al galope. Dio la vuelta al caballo marrón y esperó al borde de la carretera, su mano cerca de su arma. Si era una pelea que querían, estaba listo para hacerlo.

No lo vieron en la oscuridad hasta que estuvieron casi encima de él. No habían esperado alcanzarlo tan pronto, pensando que no perdería el tiempo de regresar a la choza de Pollard. No estaban preparados para luchar aquí, pero tronaron directamente hacia él, evidentemente con la intención de sacarlo de la carretera.

Bowdry se quedó donde estaba y su mano derecha se deslizó por la suave funda hacia la culata del Ruso. Puede haber habido suficiente luz para que pudieran ver esto, ya que en el último momento se movieron y pasaron a su lado sin ralentizar su paso imprudente.

"¿Qué diablos te pasa?" preguntó Hunk mientras pasaban.

Bowdry giró su caballo y se sentó en la silla de montar, cuidándolos hasta que se perdieron de vista en la oscuridad. Luego siguió con cautela a raíz de la acumulación de su polvo, manteniendo el caballo marrón a un lento trote.

Cuando vio un buen lugar para salir de la carretera, se desvió a lo largo de un estrecho valle con una cadena de colinas erosionadas entre él y el sendero. Las colinas pronto dieron paso a los cerros que se alzaban sobre él y el valle se convirtió en un cañón rocoso que se curvaba hacia el sudoeste. Siguió adelante, esperando encontrar un lugar no muy lejano en el que pudiera salir del cañón sin demasiados riesgos o dificultades. Él no quería regresar.

Para entonces, la luna debía haber subido, pero aquí, en el fondo del cañón, estaba a oscuras y lenta, porque tenía que abrirse camino a través de las rocas y la lutita suelta que se había deslizado desde arriba. Una vez creyó oír a otro caballo caminando sobre la roca a su izquierda y se detuvo al instante para escuchar. Pero no hubo ningún sonido y decidió que debía haber sido el ruido de su propio caballo al retroceder desde la pared del cañón.

Siguió caminando despacio, pasando por un revoltijo de rocas donde crecía un cepillo raquítico. De repente, sin razón aparente, hubo un extraño zumbido en sus oídos y un escalofrío le recorrió la espalda. No se asustaba fácilmente, pero en ese momento tenía miedo, y no tenía idea de a qué le tenía miedo.

Luego recordó el sonido que creía haber escuchado unos momentos antes, el sonido de un caballo caminando sobre el suelo rocoso. Sabía que tenía razón, pero por alguna razón, estaba seguro de que no pertenecía al grupo de Wadley. Este hombre silencioso e invisible, quienquiera que fuera, pertenecía a una raza completamente diferente. Había una atmósfera de peligro en él tan real que Bowdry podía sentirlo mientras paseaba a su caballo cuidadosamente sobre el revoltijo de rocas donde creía que el hombre estaba escondido. No tenía dudas de que el hombre lo estaba mirando con el cañón de un arma y usaría la pistola si Bowdry hacía un movimiento repentino o sospechoso. Tal vez fue un proscrito huyendo que no podía darse el lujo de arriesgarse con extraños.

El caballo marrón resopló nerviosamente, lo último que Bowdry quería en ese momento.

"Saldremos de aquí yapronto, caballo," dijo en voz baja para calmar al castrado. Pero realmente hablaba en beneficio del hombre escondido en las rocas, haciéndole saber que no tenía motivos para preocuparse. Bowdry no era un agente de la ley ni un cazarrecompensas en su camino. Solo un compañero ocupado de su propio negocio y esperaba que otros harían lo mismo.

El caballo moreno negó con la cabeza, no le gustaba el olor del extraño hombre escondido, y siguió caminando por el cañón, con Bowdry sentado rígido en la silla, preparado para recibir una bala en la espalda. El disparo no llegó, pero no volvió a respirar hasta que hubo varios enormes cantos rodados y una curva en el cañón entre él y quienquiera que estuviera allí.

En la primera oportunidad, Bowdry colocó al caballo en la pared del cañón. El castrado tuvo que apresurarse cerca de la orilla en el borde y Bowdry escuchó las rocas caer debajo de él. Estaba un poco conmocionado cuando llegaron a la cima. Resultó ser una mala noche. El viaje a la ciudad fue un error. Solo había ido a complacer al anciano.

Se detuvo en el borde lleno de rocas y miró a su alrededor para orientarse. Al otro lado de las colinas había una gran luna anaranjada, antinaturalmente brillante, y no donde Bowdry había esperado que estuviera. Aparentemente no había registrado todas las curvas en el sinuoso cañón. Como resultado, no estaba seguro de su propio lugar o la dirección de la cabaña Pollard. Decidió que su mejor opción sería volver al camino y no perder más tiempo, porque ahora estaba más preocupado por la seguridad del anciano que la suya. Hunk y sus amigos podrían decidir que este sería un buen momento para visitar al anciano.

Se alineó a lo largo de las ásperas colinas rocosas, montando en un lomo e incluso un galope sobre el terreno donde normalmente habría cabalgado o trotado para salvar a su caballo. Pero incluso a ese ritmo imprudente, tenía una convicción creciente de que llegaría demasiado tarde. No pudo recuperar el tiempo que había perdido en el cañón, y los hombres de 3-Bar habían estado viajando rápido por un buen camino.

Por fin frenó la cresta con una sensación de malestar dentro de él, convencido de que era demasiado tarde. En el cuenco debajo de él, la vieja choza estaba oscura y silenciosa, y la puerta estaba abierta, crujiendo con el viento frío.

Bowdry dejó su caballo en las rocas, sacó al Model Nuevo Americano de la funda cruzada y se arrastró hasta la choza a pie. Se quedó de espaldas a la pared cerca de la ventana, observando las rocas mientras preguntaba en voz baja: "¿Estás bien, viejo?"

No hubo respuesta, como él había esperado. No había nadie en la cabaña que estuviera vivo, de todos modos.

Se dirigió a la puerta que crujía, miró dentro y vio al anciano tirado en el suelo cerca de su viejo revólver Colt.

CAPÍTULO 4

Bowdry cavó la tumba y enterró al anciano a la luz de la luna, cuando sería más difícil para un francotirador disparalo de las rocas.

Cuando se iluminó lo suficiente, buscó la señal. No fue difícil de encontrar. Un hombre había subido a la cabaña y le disparó al anciano cuando abrió la puerta. Eso, de todos modos, era lo que parecía a Bowdry.

Pero él estaba desconcertado. ¿Por qué el anciano le había abierto la puerta a un hombre de 3-Bar, sabiendo cuál era el resultado probable? ¿Y por qué uno de ellos dejó a los otros y cabalgó solo?

Bowdry ensilló su caballo, cogió la escopeta del viejo y siguió las huellas por la cresta, el Greener a través del pomo.

Había un viejo sendero que corría por el estrecho valle justo al este de la cresta. Los hombres de 3-Bar usaron mucho el camino, y lo habían usado anoche. Había muchas pistas, aunque eran débiles en el suelo duro, y era difícil distinguir las huellas del caballo del asesino de las otras.

Bowdry siguió el camino hacia el sur, hacia el Rancho 3-Bar. Se fue por tres horas y cuando regresó sabía tan poco como cuando había comenzado.

En la cresta de la dorsal este se detuvo de repente, sorprendido de ver humo saliendo de la chimenea de la choza y un caballo pinto en el corral que no pertenecía allí.

Bowdry condujo al castaño marrón hacia abajo desde la cumbre, avanzó hacia abajo a través de las enormes rocas, se detuvo de nuevo a mitad de camino para estudiar la vieja choza con ojos preocupados. Desde lo alto ya había escaneado el área a su alrededor.

En el oeste en ese momento no era inusual ir a la casa de un hombre cuando él no estaba, ayudarse a sí mismo a su comida y volver a casa. Era la costumbre del rango. Pero en tiempos de problemas, podría ser una práctica poco saludable.

Bowdry no había llegado a pensar en la vieja choza como suya. Ciertamente no había llegado a pensar que era su hogar. No era el tipo de hombre para pensar en ningún lugar como hogar, a menos que fuera uno que había dejado y perdido hacía mucho tiempo. Pero no tenía intención de dejar que el lugar cayera en manos del equipo de Wadley, y eso significaba que, por el momento, al menos tenía que mantener la posesión de la choza. Así que no estaba feliz de encontrar a alguien allí actuando como si fuera el dueño del lugar.

El hecho de que había un solo caballo en el corral que no pertenecía a la zona indicaba que solo había una persona en la cabaña. Pero las cosas a menudo no eran como aparecían, y Bowdry no había vivido tanto tiempo como había sin dar nada por hecho. Se bajó de la silla de montar con su escopeta, ató su caballo a un cedro raquítico en las rocas y se dispuso a mirar y esperar.

La cabaña estaba en un valle pequeño rodeado por todos lados por empinadas laderas rocosas. No muy lejos de la posición de Bowdry estaba el pozo de agua en el borde de las rocas, tal vez a unos cuarenta metros de la choza y en un terreno un poco más bajo.

De repente, la puerta se abrió y una mujer joven con el pelo largo y rojo, vestido con pantalones vaqueros y una camisa de hombre, salió de la choza con una cubeta de madera y caminó hacia el pozo de agua. Era alta y bien formada y caminaba a grandes zancadas como un hombre: tenía piernas largas para una mujer. Cuando ella se acercó, Bowdry vio que tenía una cara pecosa y bronceada por el sol y ojos muy claros y brillantes que eran una especie de avellana verde. Era una mujer joven y hermosa, casi hermosa de una manera salvaje e indómita. No le habría sorprendido ver una correa de pistola amarrada a su cintura delgada, pero parecía desarmada.

Mientras se inclinaba para llenar la cubeta en el pozo de agua, su largo cabello rojo caía sobre sus hombros esbeltos y pechos profundos, los jeans ajustados abrazaban sus nalgas redondeadas--un espectáculo que agitó incluso a Bowdry--tres hombres salieron de las rocas cercanas y se arrastraron hacia ella. Debieron haber estado allí todo el tiempo, esperando que Bowdry regresara. Ahora se movieron detrás de la mujer. Hunk Wadley y Grat Bowers sonreían de oreja a oreja. Había una expresión de tensa excitación en la cara curtida del tuerto Lon. Lon se lamió los labios agrietados y se frotó la boca con una mano temblorosa.

La joven, alzándose con la cubeta llena, se volvió y los vio. Ella no mostró alarma, solo una ira fría en sus ojos felinos. "¿Qué están haciendo ustedes tres aquí?," preguntó en un tono sospechoso, incluso acusador.

"Por qué, cariño, íbamos a preguntarte lo mismo," dijo el pelirrojo Hunk con una sonrisa sucia, admirando abiertamente las curvas de ella. "Debes ser esa potra Reardon."

Ella descartó esto último con un gesto leve y dijo:" Pensé en venir y limpiar un poco el lugar. Parecía que alguien debería. Supongo que ese es el anciano en esa tumba de allí?"

Hunk y Grat se sonrieron el uno al otro y Hunk dijo:" Sí, creo que alguien debe haberle disparado."

"Alguien," dijo Lucy Reardon, mirando a los tres con ojos fríos. "Me pregunto quién fue."

Hunk se encogió de hombros, todavía sonriendo con su sonrisa estúpida. "No podría decir. Él tenía enemigos. No le gustaba mucho a nadie."

"Me gustaba a mi."

"No sé por qué. Un viejo como ese. Me preocupa que hayas venido a verlo, trayéndole los pasteles, y ni yo ni los muchachos ni siquiera logramos verte bien hasta ahora. Cabalgamos por ese camino para verte, pero debes esconderte cuando nos veas llegar."

"Será mejor que te mantengas alejado de allí si sabes lo que es bueno para ti," le dijo. "Josh Larkin te llenará de plomo."

"Nah, él no hará nada," dijo Hunk, dando un paso hacia ella. "Has usado su marca de solitario el tiempo suficiente. Es hora de que te demos a ti la nuestra."

Mientras Hunk hablaba, el tuerto Lon se había puesto detrás de ella. Él ahora la agarró de los brazos, fijándola a los costados y haciendo que dejara caer la cubeta de agua. Ella gritó y le dio una patada a Hunk mientras se abalanzaba sobre ella y lo doblaba. Entonces Grat dio un paso al sonreír y le dio un puñetazo en la cara, del mismo modo que habría golpeado a un hombre. Ella gruñó y quedó inerte, aturdida pero no inconsciente. Grat le sacó los pies de encima y Lon la bajó al suelo, no muy suavemente.

Hunk todavía estaba inclinado sobre su vientre gordo, tratando de recuperar el aliento. "Déjame en ella primero," dijo. "Fue idea mía, y le debo a ella por intentar arruinar mi-"

Bowdry había salido de las rocas sin ser visto. De repente, él estaba allí con la escopeta en sus manos y una mirada mortal en sus fríos ojos azules. A tres metros de distancia vació ambos barriles en la cara roja de Hunk cuando Hunk tomó su arma. Luego movió la escopeta vacía a su mano izquierda, sacó una pistola de cañón largo con la derecha y le disparó al tuerto Lon, en la cabeza. Grat, su sonrisa convertido en una mueca tensa, gritó y tendió su mano izquierda hacia Bowdry como si para detener la siguiente bala con su palma abierta. Al mismo tiempo, estaba buscando su arma con su mano derecha. Bowdry le disparó en el cofre, y cuando Bowers todavía intentó sacar su arma, Bowdry dio un paso adelante y le disparó de nuevo, esta vez en la cabeza.

Lucy se sentó con una mirada aturdida en sus ojos. Miró incrédula a Bowers y a los otros, vivos y violentos en un momento, muertos y inmóvil al siguiente. Ha sucedido demasiado rápido, demasiado repentino, para creer. Luego miró la cara desolada de Bowdry.

"Debes ser Bowdry," dijo.

Él asintió brevemente, recargando su pistola. Luego abrió la escopeta, extrajo las conchas vacías y metió dos nuevas del bolsillo de su abrigo. Cerró el arma y la acunó bajo su brazo.

"Será mejor que te vayas de aquí," dijo. "Los otros pueden estar por aquí."

"Bueno, si lo son, seguramente lo buscarán ahora."

Bowdry bajó la cabeza. "Exactamente."

Lucy se puso de pie y se sacudió la ropa. "¿Sabes quién mató al anciano?," preguntó ella. "¿Fueron ellos?" Ella indicó los cuerpos recién muertos.

Bowdry movió un hombro. "Ellos, o algunos de los otros. Realmente no importa."

"¡Realmente no importa!," se hizo eco con asombro. "¡No me digas que los condenaste solo por mi culpa!"

"Ni siquiera," dijo.

"¿Entonces piensas que fueron ellos?"

"Creo que necesitaban ser matados," dijo, y acercándose al cuerpo más cercano, se inclinó para quitar la pistola y el cinturón de cartuchos del muerto. Desarmó también a los otros y colgó las pistoleras y los revólveres enfundados sobre su hombro.

"¿Crees que los necesitarás?," preguntó Lucy.

"Pueda ser que no," dijo. "Pero seguro que ya no los necesitarán ellos."

"Eso es cierto," admitió ella. "Estaba pensando que ya tenías bastantes armas."

Bowdry no respondió. Se había vuelto para ver a un hombre en un Appaloosa hermoso descendiendo por la empinada cresta a un ritmo imprudente. El caballo era un destello de colores, castaños y manchas blancas y oscuras. El hombre se veía bastante llamativo y colorido con un chaleco de cuero blanco y negro y un Stetson blanco. Tenía el pelo color paja, ojos azules brillantes y una nariz fuerte. Sus dientes parecían demasiado grandes y blancos, pero por la forma en que los mostraba, estaba claro que eran su orgullo y alegría.

Mientras él tiraba de la rienda antes de ellos, su boca abierta para hablar, la chica lo azotó con su lengua, sonando a la vez enojada y temblorosa, a pesar de que parecía bastante tranquila hasta ahora. "¿Dónde en los infiernos estabas? Ellos trataron de violarme. Si él no hubiera aparecido, lo hubieran hecho."

El tipo con el pelo cano la miró boquiabierto por la sorpresa y luego dirigió su brillante mirada a los hombres muertos. "¡Esos bastardos!," murmuró. "Nunca pensé que tuvieran los cojones."

"¿Dónde estabas?" ella le preguntó de nuevo. "Pensé que vendrías de vuelta anoche."

Josh Larkin sacudió su cabeza grande y hermosa. "No me culpes, Lucy. Venir aquí era idea suya, no mía. Nunca me gustó la idea de que estuvieras rondando por aquí todo el tiempo."

"Oh, lo sé," replicó ella. "Pensaste que estaba durmiendo con ese pobre anciano. No me sorprendería si fue usted quien le disparó."

"¡Ahora Lucy, eso es una gran cosa para decir!"

"No lo haría," repitió ella.

"Odio interrumpir esta pequeña y acogedora charla," dijo Bowdry secamente, "pero apreciaría que ustedes dos se dejaran muy pronto. Estoy esperando compañía y me gustaría estar listo para ellos."

"Si estás esperando problemas, cuenta conmigo," dijo Josh con entusiasmo, mostrando su sonrisa brillante a Bowdry. "Pensé que esos bastardos eran mis amigos, pero después de lo que intentaron hacer ..."

"Oh, ¿a quién intentas engañar?," dijo Lucy, enojada. "No te preocupa lo que intentaron hacerme. Solo quieres entrar por la emoción."

Larkin sonrió a Bowdry. "Las mujeres simplemente no entienden, ¿verdad?"

Bowdry no devolvió la sonrisa. Su rostro permaneció sombrío y duro. "Lo siento," dijo. "Yo trabajo solo."

"¿Quién dijo algo sobre el trabajo? Pensé que íbamos allí, disparábamos al 3-Bar, estampábamos sus acciones y nos divertíamos un poco."

"¡Diversión!," exclamó Lucy. "¡Intentaron violarme y hablas de diversión!"

Larkin le dirigió una mirada cansada pero tolerante. "Lucy, cariña, ¿por qué no vuelves al rancho? Llegaré más tarde."

"¡No te molestes!," dijo ella, con el rostro encendido. "Continúes y diviértete. Y cuando te acabes, no vuelvas al LR en busca de un lugar donde esconderse."

Lucy caminó hacia el corral, cogió su pinto, tiró la manta y la silla mientras Bowdry y Larkin la observaban en silencio, y en cuestión de segundos se subió a la silla y trepó por la ladera oeste.

"Se enfriará después de un tiempo," le dijo Larkin a Bowdry. "Ella siempre lo hace."

Bowdry se encogió de hombros. No fue asunto suyo.

"Será mejor que reconsideres mi oferta," dijo Larkin, sonriéndole. "Te superan en número diez a uno, y estoy muy bien con un arma.

Haríamos un buen equipo."

Bowdry negó con la cabeza, mirando a Lucy desaparecer sobre la colina del oeste en su pinto. "No es tu lucha," dijo. "Aléjate de esto."

"Demonios, esperaba un poco de diversión," dijo Larkin con tristeza. "Las cosas han sido aburridas con ella últimamente."

"No me había dado cuenta."

Larkin miró a los tres hombres muertos en el suelo, y sus dientes grandes brillaron en otra sonrisa. "Sí, entiendo a qué te refieres. Demonios, Bowdry, si ese es tu nombre, hay suficientes para nosotros dos. ¿Por qué intentar y mantenerlos todos para ti solo?"

Bowdry miró al ladrón con una larga y silenciosa mirada, y Larkin se removió incómodo en su silla de montar. "No es como si no necesitan ser matados," dijo. "Me imagino que podría darme algunos de ellos mientras la temporada está abierta. Además," añadió con una sonrisa más pequeña, tirando del ala de su sombrero blanco sucio," esos bastardos son solo una manada de ladrones de caballos y ladrones, tratando de acaparar todo el surtido y el ganado por ellos mismos."

Los dientes de Bowdry se mostraron brevemente en una sonrisa fría. "Me imagino que un hombre como tú podría soportar una competencia pequeña."

Larkin se rió, pero sin mucho humor. "Un poco, diablos," dijo. "De la forma en que esos bastardos lo están haciendo, pronto tendrán toda criatura en este país llevando su marca, incluidas el ganado de LR, que en parte son mías. "Rufe Wadley ya me dijo que también podría compartir con ellos. Está empezando a parecer que tiene razón. Pero él quiere hacer las cosas a su manera y yo estoy acostumbrado a ser mi propio jefe." Se encogió de hombros. "Tal vez no debería contarte todo esto, pero mi corazonada es que no te importa una mierda cuántas vacas y caballos robe, siempre que deje solos a los suyos."

"No es nada para mí," estuvo de acuerdo Bowdry. "Pero como dije antes, siempre trabajo solo. Si quieres ir a cazar a los Wadley, tendrás que hacerlo por tu cuenta."

La sonrisa de Josh se convirtió en una mueca. "Bueno, era solo una idea, Bowdry. Pensé que podrías necesitar un poco de ayuda, ya que estás solo. Si cambias de idea, no seré difícil de encontrar."

Volvió a sonreír, pero no muy agradablemente, y giró al hermoso Appaloosa para que se marchara en pos de Lucy, con sus Colts de mango de marfil brillando a la luz del sol.

Bowdry echó un vistazo a las huellas dejadas por el Appaloosa. Luego se puso en cuclillas sobre los talones para estudiar las huellas más de cerca.

CAPÍTULO 5

Los cuerpos de Hunk, Grat y el tuerto Lon regresaron al rancho de 3-Bar atados a sus sillas de montar, causando mucha excitación. Varios miembros del clan guardaron silencio con sorpresa, otros aullaron de rabia.

Con la excepción del muerto Lon, todos en el rancho estaban relacionados de alguna manera con los Wadleys. Grat Bowers había sido un primo lejano, al igual que Pink Deeble, el casi albino. Bones Grogan, con bigote gris era un tío con un hijo llamado Moose. Moose había desaparecido por algún tiempo, pero, sin que lo supiera el resto, incluso ahora estaba de camino a casa desde México con un rebaño de caballos robados y tres bandidos mexicanos con los que se había metido. Clete Anson, un hombre de pelo claro con brillantes ojos verdes, se había casado con la única niña de Wadley y se había quedado con el atuendo incluso después de que su esposa había huido a México con su primo, el antedicho Moose Grogan, que la perdió en un juego de cartas con un jugador mexicano. Más tarde se separó del mexicano, cruzó la frontera y trabajó en un burdel en Tucson. Era gorda y fea, pero las mujeres escaseaban en la frontera y los hombres no eran demasiado particulares.

Hubo una especie de funeral en el rancho para los muertos, con Rufe Wadley en un viejo traje desabrochado o sin botones que había superado hacía mucho tiempo, leyendo del Libro, sacudiendo el puño en cólera y jurando no descansar hasta que el asesino fuera perseguido y hecho para pagar por "el trabajo de hoy." Luego, mientras algunos hombres se quedaban atrás para poner tierra en los cuerpos envueltos en mantas, el resto del equipo, con la posible excepción del mismo Rufe, cabalgaba hacia la ciudad para emborracharse y alardear sobre lo que le iban a hacer a Bowdry tan pronto como pudieran encontrarlo. Pero yendo y viniendo rodearon bien lejos de la vieja cabaña Pollard. Bowdry pudo haberlos visto pasar o visto el polvo de una de las crestas bordeadas de rocas, pero no se intercambió plomo.

Unos días después, Moose Grogan y los tres mexicanos llegaron al 3-Bar con los caballos robados. Todos parecían contentos de ver a Moose a excepción de Clete Anson y él no dijo nada, porque tenía miedo del joven gigante de barba negra y ceño fruncido. Se informa que cuando escuchó las noticias, Moose cayó en una cólera tan grande que incluso Rufe Wadley estaba un poco asustado. Apartando las cosas de su camino, apretando un gran puño y agitando un enorme y viejo Walker Colt en el otro, Moose rugió que arrancaría el hígado de Bowdry con sus propias manos y exigió saber por qué los otros no habían hecho algo todavía. Cuando Bones Grogan intentó calmar a su furioso hijo, Moose se volvió hacia él. Le dijo al anciano alto y canoso que sería mejor que se callara a menos que quisiera la clase de castigos que Moose había planeado darle desde que podía recordar. Moose no había olvidado el momento en que Bones le quitó la piel con un látigo. Moose todavía tenía las cicatrices que le recordaban, y él solo había estado esperando alguna excusa para pagarle al anciano por ello. En su ira irracional, Moose hizo retroceder al anciano de ojos grandes hacia un rincón y lo desafió a intentar algo así ahora.

Mientras el resto del equipo de Wadley los miraba, silencioso y asustado, los tres mexicanos se pusieron en cuclillas sobre sus talones afuera, fumando cigarrillos marrones y riendo. Por alguna razón desconocida, parecían gustarles el grande gringo gris, Señor Moose. De lo contrario, le habrían cortado la garganta antes de esto, ya que eran muy malos, el peor de una raza sin ley. Quizás esa era la razón por la que les gustaba Moose: era incluso más vicioso y violento que ellos.

En la casa, Rufe dijo con su voz profunda y fuerte, que sonaba lo suficientemente calmada:" Tranquilízate, Moose. Esto no tiene un punto de referencia. Bones no significaba ningún daño."

"¡Tú también cállate!" gritó Moose. "Si no tienes los cojones para ir tras ese bastardo, mantente fuera del camino y déjame encargarme de eso. Yo y esos tres mexicanos, podemos matar a Bowdry sin ningún problema."

Por un momento, Rufe pareció que podría explotar. Pero él no dijo nada más. En cierto modo, era casi divertido ver a Moose bufando y bramando como lo hacía Rufe mismo y Rufe asumiendo un aire de calma filosófica.

Entonces fue que Moose Grogan, por el poco tiempo que aún vivía, parecía estar manejando cosas en el 3-Bar.

La vieja choza de Pollard estaba en un mal lugar para la defensa, rodeada como estaba por colinas rocosas rotas. Solo había dos ventanas pequeñas y una puerta, con un lado completamente ciego. Y el pozo de agua estaba a unos cuarenta metros de distancia sobre terreno abierto. Sería imposible para un hombre en la cabaña pararse de un asedio prolongado, con enemigos que lo atacaban desde la cresta. Así que Bowdry pasó cada vez menos tiempo en la choza y más en las rocas.

No muy lejos del pozo de agua había un recinto amurallado, una especie de corral natural con una sola abertura pequeña que podía cerrarse fácil y discretamente con brocha. Aquí tomó los dos caballos, y llevando una cubeta tras otra de agua del manantial, llenó un pequeño tanque natural encima de una de las rocas, luego cepilló sus huellas. Su silla de montar se escondió cerca. Las armas extraídas de Hunk y los otros dos se distribuyeron en puntos estratégicos a lo largo de la cresta. El Greener letal siempre mantuvo con él ahora.

Lo tenía con él, en las rocas, el día en que Moose Grogan y los tres mexicanos lo persiguieron. Los vio muy por debajo de él y todavía a cierta distancia, avanzando por el suelo cubierto de rocas de un cañón que terminaba en varios cortes que parecían dedos torcidos en la empinada pendiente, con espolones de roca y arbustos en medio.

En uno de estos cortes, Bowdry salió corriendo, lanzando silenciosamente de roca en roca. Se dejó caer en el cañón justo cuando el mexicano a la cabeza doblaba la primera curva, sus brillantes ojos oscuros miraban desde debajo del ancho ala curva de su sombrero hacia las rocas de arriba. Vio a Bowdry caer de la nada y aterrizar suavemente sobre sus pies directamente frente a él, con la escopeta recortada a la altura de la cintura, pero aún no apuntada. El mexicano instintivamente sacó una pistola de cañón largo, y Bowdry levantó las bocas gemelas del Greener, disparando desde la cadera. El perdigón desgarró al mexicano de la silla de montar. Murió lejos de su hogar con una mirada sombría en sus ojos oscuros y sus dientes al descubierto por el dolor.

Bowdry corrió hacia la roca más cercana. El segundo mexicano dobló la curva al galope, disparando mientras venía. Bowdry elevó la escopeta al hombro y disparó sobre la roca, y el segundo mexicano fue derribado de su caballo.

El tercer mexicano estaba cerca, pero hizo girar su caballo de repente, disparando hacia Bowdry.

La mano derecha de Bowdry dejó la escopeta, azotó hacia su cadera, se levantó de un tirón con una pistola Smith & Wesson. El arma rugió y el mexicano se balanceó en la silla de montar. Agarró el gran cuerno de madera y se escurrió por el cañón, justo cuando Moose dejó su silla de montar y buscó refugio entre las rocas que habían caído del borde.

Uno solo puede preguntarse por qué el bravo y valiente Moose--un líder natural--envió a los tres mexicanos al frente del cañón. Quizás, a pesar de su jactancia, había una racha de cobardía en él. Ciertamente había una racha de cautela y astucia animal, combinada con la astucia humana. Debía haber tenido la sensación de que, a pesar de sus precauciones, Bowdry podría descubrir su acercamiento y darles la bienvenida con plomo, y en ese caso, Moose no había querido estar al frente, donde estaba el mayor peligro. Deja que los mexicanos vayan primero. Eran reemplazables.

El mexicano herido se zambulló de su caballo corriendo cerca de Moose, quien ya le gritaba que no huyera. El mexicano rodó para cubrirse, luego volvió a cargar su arma, tratando de ignorar la mancha roja que se extendía en su camisa. Moose, alzando su cara de barba negra con cautela, lanzó un par de disparos contra la roca de Bowdry. Bowdry se quedó abajo, recargando la escopeta, y los gritos de las balas no le causaron daño.

"No está bien," dijo el mexicano, mirando con tristeza a su herida. "La bala no sale."

"¿Por qué no lo enchufaste?," gritó Moose roncamente.

"Lo intenté, pero él dispara mejor," dijo el mexicano. "Hombre duro. Él no pierde."

"Desearía yo haber estado allí donde estabas," dijo Moose.

"Lo deseo también," dijo el mexicano, y Moose le lanzó una mirada negra.

Justo en ese momento, un puñado de pequeñas rocas llovió sobre Moose, una de ellas cortándolo con astucia debajo del ojo derecho. Dejó escapar un rugido sobresaltado no muy diferente al de un oso enojado. El mexicano lo miró con sorpresa, luego los dientes blancos brillaron en una sonrisa inesperada.

Mientras Moose miraba hacia el cañón con rabia desconcertada, varias piedras pequeñas más lo apedrearon. Lanzó un grito ronco, su cara se volvió púrpura, y tembló en su furia. "¡Dos pueden jugar ese juego!" gritó, y agarrando algunas de las rocas, se levantó para arrojarlas de vuelta a Bowdry.

Bowdry estaba esperando eso, y estaba listo. Exponiendo solo su sombrero, la cara morena delgada y el hombro derecho, empujó una pistola con el brazo extendido y disparó.

La bala golpeó a Moose en el pecho derecho y lo hizo girar. Se estrelló pesadamente contra el suelo y quedó aturdido por un momento, luego se impulsó sobre sus manos y rodillas y alcanzó su gran Walker Colt, mirando con incredulidad la sangre que goteaba de su gran cofre peludo sobre una de las rocas que Bowdry tenía arrojado. "El bastardo," murmuró, y de repente se derrumbó.

Después de un minuto, se levantó nuevamente y se arrastró hacia la roca, cubriéndose detrás de ella y buscando a tientas con su arma pesada.

Entonces, de acuerdo con lo que dijo el mexicano más tarde, Moose gruñó y nuevamente colapsó boca abajo detrás de la roca. Alguien, disparando desde el borde del cañón, había puesto una bala en la parte posterior de su cabeza. Parecía un disparo de pistola, así que fue un buen disparo.

De alguna manera, a pesar de su grave herida y el grave riesgo de una bala en la espalda, el mexicano logró subir al caballo de Moose y cabalgar por el cañón. Cabalgó lentamente, porque era la única forma en que podía permanecer en la silla de montar, esperando a cada momento la bala que no llegaba, a pesar de que estaba seguro de que al menos le habían apuntado dos pistolas.

Montó todo el camino hasta el 3-Bar en una caminata lenta, fue ayudado desde la silla por manos no muy gentiles, y observado por ojos duros y sospechosos mientras contaba su historia. Su sangrienta herida fue ignorada. Cuando Rufe se enteró de que Moose estaba muerto, se volvió sin decir palabra, al parecer no muy triste por la noticia. Una sonrisa brilló en los ojos verdes de Clete. Pero el viejo Bones, conmocionado y enojado, no estaba dispuesto a creer que su hijo estuviera muerto ni a aceptar la versión mexicana de lo que había sucedido.

"¿Cómo sabemos que está diciendo la verdad?" preguntó Bones, mirando ferozmente el rostro sudado del mexicano. "Nunca he visto aún a un tipo asi en el que se puede confiar. Todos han nacido mentirosos. ¿Cómo sabemos que él no disparó a Moose en la parte posterior de la cabeza, y acaba de inventar esa historia sobre ser alguien en el borde del cañón?"

"¿Por qué iba a matar a Moose?" preguntó Rufe, al descansar en el fondo.

"Tal vez porque Moose no permitiría que el cobarde se le escape. Ha sucedido antes, muchas veces." Bones volteó sus ojos amargos hacia el mexicano. "¿Tratas de decirme que Bowdry simplemente te dejó ir sin siquiera intentar detenerte?"

El mexicano asintió respetuosamente. "Sí. Eso es lo que sucedió. Tal vez no le gusta disparar por la espalda."

"Creo que está mintiendo," insistió Bones. "Átalo a ese álamo y déjame trabajar un poco con él. Le sacaré la verdad de él."

"Una pérdida de tiempo," dijo Rufe con impaciencia. "Él moriría antes de que él cambiara su historia. Pero me figuro que está diciendo la verdad de todos modos."

"Entonces, ¿quién podría haber disparado a Moose, a menos que fuera él o Bowdry?," exclamó el viejo Bones. "¿No crees esa historia acerca de que sea alguien en el borde, verdad?"

Rufe se encogió de hombros. "Tal vez Bowdry tiene a alguien que lo está ayudando. Si lo ha hecho, pronto sabremos quién es." Miró al mexicano. "Será mejor que te vayas. Lamento ese agujero en ti, pero no hay mucho que podamos hacer por ti, y no sería una buena idea que te quedaras por aquí."

"Si, señor," dijo el mexicano, mirando al viejo Bones. "Creo que tienes razón."

Rufe asintió. "Chicos, unos ayúdenlo a volver a su caballo."

"¡Ese es el caballo de Moose!," exclamó el viejo Bones.

"Moose no lo necesitará más," dijo Rufe, volviendo a casa.

El mexicano tomó el largo camino de regreso a Sonora, deteniéndose en el camino para sacarle la bala y contar lo que había sucedido en el cañón.

CAPÍTULO 6

Hasta ahora, Bowdry se había mantenido bastante cerca de la vieja cabaña, excepto por ese único viaje a la ciudad que había resultado en la muerte del anciano. Pero estaba cansado de esperar en las rocas y comenzó a merodear por las escarpadas colinas salpicadas de cedro más allá de las crestas rocosas que rodeaban la choza, tratando de obtener una imagen más clara de la rotonda del país. Empezó a escabullirse, a uno de los senderos escondidos a través de las rocas y los arbustos, y se fue durante horas, a veces durante todo un día entero. A veces iba a caballo y otras a pie.

Al este de las laderas rocosas de cedro, las colinas eran más altas y estaban cubiertas con piña y enebro, elevándose en crestas onduladas hacia una masa oscura de montañas cubiertas de pinos en la distancia. Había un poco de hierba blanqueada en estas estribaciones, pero en su mayor parte el suelo era estéril y rocoso a excepción de los árboles atrofiados.

Una tarde, Bowdry, vestido con mocasines y cargando la escopeta, regresaba de una de sus caminatas cuando se encontró con pistas frescas de caballos debajo de los árboles, a no más de media milla de la choza. Esto fue en la ladera de cedro justo más allá de la dorsal este. Un solo caballo había hecho las pistas, y no parecían tener más de unos pocos minutos de antigüedad.

Bowdry se inclinó brevemente para estudiar las pistas, luego sus ojos siguieron el curso probable del caballo y el jinete hacia abajo a través de los árboles hacia el pie de la ladera. Los árboles estaban dispersos, pero los afloramientos rocosos y grandes rocas obstruían su vista más allá de los treinta pasos.

De pronto escuchó un caballo resoplar y el sonido de una pezuña de hierro en la roca, no donde esperaba que estuviera el caballo. Luego, mientras se ponía de pie con cautela, vio a tres jinetes que avanzaban pesadamente hacia el sur a través del bosque atrofiado. Pasaron por debajo sin verlo, y pudo oírlos hablar.

"Nos estamos acercando un poco demasiado, ¿verdad, Gord?"

El hombre que respondió tenía un inconfundible parecido con el fallecido Hunk Wadley. Sin duda un hermano. Un poco más joven tal vez, pero igual de robusto y panzón, con una cara roja y alegre con ojos brillantes pequeños y saltones. "Nah," dijo. "No hay nada de qué preocuparse. Él no tiene rifle, y estamos fuera de alcance de todos modos."

"Sin embargo, es probable que se nos acerque."

"Déjalo ir," dijo Gord. Luego, sus mejillas gordas sonrosadas se arrugaron en una sonrisa. "¿Tienes miedo, Pink?"

Pink Deeble había echado de menos ser un albino. Su cara bronceada se veía rosada, de ahí el apodo. "No es eso, Gord. Es solo que-"

Cuando pasaron cerca de una roca grande, rugió un arma y Pink se desplomó sobre la silla de montar, agarrando el cuerno con ambas manos para evitar caerse.

"¡Vámonos de aquí!" gritó Gord, ya alejando en su caballo, con su cara asustada redonda mirando hacia la roca.

El tercer hombre, que no había hablado, tenía cabello pálido y ojos verdes salvajes. Agarró las riendas del caballo de Pink al pasar y siguió a Gord por la ladera al galope, esquivando los árboles bajos, doblándose bajo unas ramas que casi desgarraban al aturdido Pink de la silla. Pero de alguna manera Pink mantuvo su asiento precario y pronto desaparecieron, dirigiéndose al sur hacia el 3-Bar.

Bowdry se colocó detrás de un arbusto y esperó. Minutos después captó atisbos de un caballo y un jinete moviéndose silenciosamente a través de los árboles en una caminata. El caballo era rojo, o una bahía o una acedera, y la falda de un saco marrón del traje se detuvo sobre el mango de hueso de un revólver Colt. Pero Bowdry nunca pudo ver claramente la cara del hombre. El hombre caminó al caballo por la ladera y pronto desapareció.

Bowdry no había hecho ningún movimiento para detenerlo, a pesar de que sabía que él mismo sería culpado por esto. No era el tipo de hombre para apreciar ese tipo de ayuda; sin embargo, estaba más desconcertado que enojado. Se preguntó quién era el hombre y por qué había comprado fichas en este juego mortal.

Pronto surgieron pocas dudas en la mente de los del equipo de Wadley sobre el tiroteo. Tan pronto como Gord y Clete llevaron al herido Pink al 3-Bar, Rufe envió a Anson a la ciudad después de Doc Batter. Doc Batter era un anciano pequeño con la boca llena de dientes podridos. Raramente estaba sobrio, pero borracho o sobrio nunca dejaba de hablar. Incluso cuando hablaba solo con personas que no estaban allí, y con frecuencia discutía con su esposa fallecida hace tiempo, a veces se disculpaba dócilmente después. Pero sobre todo hablaba de los milagros que había realizado en sus pacientes y de las personas que le debían dinero. "Alguna vez alguien quiere ser médico en el momento en que lo necesitan, pero posponen pagarlo todo el tiempo que pueden," dijo a menudo.

Cuando regresó a la ciudad en su buggy, tenía una gran historia que contar sobre su "falta cercana" en el 3-Bar. En aquellos días, por lo general, había algunos veteranos sentados en la veranda del hotel de una noche, para cortar y hablar sobre los "tiempos antiguos," cuando eran jóvenes, y ampliar los últimos chismes. Cuando Doc Batter dejó a su caballo pobre y viejo y su cochecito en la calle y se unió a ellos, querían saber si ese hombre Pink Deeble había cobrado sus fichas.

"Por qué, salvé la vida de ese chico," les informó el doctor viejo, mientras se servía una silla y bebía un trago de su matraz. Ignoró las miradas nostálgicas hacia el frasco, devolviéndolo al bolsillo de su abrigo viejo y raído. "Claro, no fue una herida mala, la bala solo se abrió un pequeño surco que le atravesó el pecho, pero estaba listo para morir antes de que yo saliera y le dije que nunca tenía nada de qué preocuparse. Uno pensaría que estarían agradecidos, pero nunca dijeron una palabra acerca de pagarme, y yo sabía que era mejor no mencionarlo."

"¿Cuál fue esta falta tan cercana que mencionaste, Doc?," preguntó alguien.

"Bueno, no es seguro salir en esas colinas, chicos. Cualquiera podría dispararse solo por estar afuera, como están las cosas ahora. ¿Y si ese tipo, Bowdry, me hubiera visto remendar a alguien a quien se había tomado la molestia de disparar? Lo más probable es que no le gustaría ni un poco. Incluso podría tener la idea de que yo estaba de su lado o algo así."

"¿Entonces no hay duda de que fue Bowdry lo que lo hizo?"

"No en las mentes de ellos, no lo está. Estaban tan enojados que Gord tomó mi escopeta para perseguir a Bowdry. Dijo que lo traería de regreso cuando encontraban a Bowdry, pero probablemente nunca lo volveré a ver. Eso no fue lo malo porque nunca me pagaron nada por todos los problemas de viajar y arriesgarme el cuello. Tuvieron que tomar mi doble barril, Ethan Allen, que yo tenía para matar pájaros y conejos. Tomó todas mis cartuchos también."

"Qué cosa. Dudo si sabrán la diferencia hasta que sea demasiado tarde. No creo que Gord pudiera leer lo que decía en la caja. Pero los otros tendrán sus pistolas. Nunca he visto tantas pistolas. Sin embargo, no vi más de uno o dos rifles. Uno Henry, creo, y uno de essos, viejos Colt, rifles revolviendo."

"Vi el arma el otro día cuando estaban todos en la ciudad, comprando cartuchos y hablando de guerra. Parecía un buen arma vieja."

"Solo espero que me devuelvan mi escopeta cuando terminen con ella," dijo Doc Batter. "No puedo darme el lujo de no volver a atenderlos si su objetivo es quedar con mis armas."

"Tienes suerte de que te dejen ir, doc. La próxima vez pueden mantenerte allí para cuidar a los heridos. O tal vez poner una bala en ti por esfuerzo tuyo."

"No me sorprendería nada," dijo el viejo doctor, buscando su frasco. "He tenido algunos faltas cercanas en mi tiempo. ¿Alguna vez te conté sobre el momento en que Cactus Charlie me hizo curar a su serpiente de cascabel favorita? La serpiente más grande que he visto. Cactus solo lo guardó para que su suegra no intentaría mudarse con ellos."

En ese momento, Miles Hinton, el empleado de la recepción del hotel, se acercó a la puerta y se quedó allí de pie, escuchando la conversación.

Doc Batter lo miró. "¿Trabajas hoy? Pensé que era tu día libre."

"Lo es," dijo Hinton, distantemente educado. "Estaba leyendo en el lobby. No pude evitar escuchar algo de lo que dijiste. ¿Dices que a Pink Deeble no le dolió demasiado?"

"No, él era un muchacho muy afortunado. Quienquiera que fuera le disparó desde un lado y debió conducir demasiado para la velocidad de los caballos. Tendrá dolor en el pecho durante aproximadamente una semana, pero eso es todo." Entonces, el viejo doctor miró más de cerca al rostro inexpresivo de Hinton. "Si sigues yendo de esa manera para disparar objetivos de tiro, debes tener cuidado. Alguien es responsable de usarte a ti para un objetivo de tiro."

Miles Hinton se encogió de hombros, y luego dijo: "Supongo que podría suceder. Entiendo que ese tipo de cosas continúa bastante durante una guerra de rango. El juego justo de cualquiera que ocurra por allí. Pero probablemente estés en más peligro que yo." Miró al viejo doctor con sus extraños ojos fríos. "Lo que dijiste sobre Bowdry que no le gusta que arregles a alguien a quien le disparó, debes tenerlo en cuenta."

CAPÍTULO 7

"¡Bowdry! Oye, Bowdry, ¿diablos, dónde estás?"

Josh Larkin se sentó en el patio frente a la cabaña, mirando con el ceño fruncido todo lo que tenía a la vista, o tal vez algo que no podía ver, ya que no había nada a la vista excepto la cabaña vieja, el corral vacío y las laderas rocosas que escaneó con un brillo frío en sus ojos inyectados de sangre. El ojo izquierdo estaba hinchado casi cerrado, y sus grandes dientes estaban desnudos en una expresión de dolor. Parecía un hombre que había visto días mejores. Su caballo estaba sucio y salpicado de espuma, sus ropas llamativas estaban manchadas y rotas, y sus pistolas de mango blanco parecían juguetes baratos que alguien le había quitado como si fueran reales.

Bowdry finalmente emergió de las rocas con la escopeta acunada en sus brazos, tomándose su propio tiempo, poco lento y pareciendo obtener cierta satisfacción de la irritación creciente en la cara de Larkin.

Larkin se tiró el sombrero sobre los ojos y frunció el ceño al pistolero silencioso. "¿Has visto algo de Lucy?," preguntó.

Bowdry movió su cabeza aproximadamente una pulgada a un lado, viendo la locura en blanco. Parecía estar estudiando el ojo medio cerrado que Larkin mantenía alejado de él, mirándolo con el otro ojo.

Larkin se quitó su sombrero blanco ensuciado y sus ojos parecieron más oscuros a la sombra de a la luz mientras una vez más barría la ladera rocosa con una mirada penetrante. "Pensé que ella se iría por acá," dijo. "Usualmente lo hace cuando se enoja. O lo hizo de todos modos cuando el anciano estaba vivo. Pensé que cuando lo mataran eso lo paraba. Pero ahora no lo sé. Ella se queda en alguna parte, y no puedo encontrar sus huellas."

Bowdry permaneció en silencio, observando deliberadamente el ojo izquierdo hinchado de Larkin.

Larkin se removió incómodo en su silla de montar, frunció el ceño y dijo:" "Yo y ella tuvimos un desacuerdo pequeño. Ella me enloquece tanto que no puedo evitar gritar. Pero ella no devuelve el golpe. Ella retira su puño y me permite tenerlo como un hombre. Nunca vi a una mujer que pudiera pegar más fuerte o una peor por pelear. Luego, trata de ahuyentarme o se quita, y no la vuelvo a ver durante dos o tres días. Solía venir aquí y quedarse con ese viejo, como si fuera su hija. O tal vez su esposa, nunca pensé cuál era."

"¿Es por eso que lo mataste?," preguntó Bowdry.

La boca de Josh se abrió y le lanzó a Bowdry una mirada de asombro. "¡Yo!," exclamó. "¡Demonios, nunca maté a ese viejo! ¡No me digas que crees lo que ella dijo el otro día!"

Bowdry estudió cuidadosamente el rostro del ladrón, el suyo una máscara. "Estuviste aquí la noche en que lo mataron. O tu caballo estaba."

Los ojos de Larkin, incluso el herido, se ensancharon alarmados. Se quitó el pañuelo y se secó el sudor de la cara, aunque el día no era caluroso. "Sí, vení aquí," dijo. "Buscando a esa chica loca. Pero nunca le disparé a ese anciano. Él ya estaba muerto."

Bowdry movió la escopeta en sus brazos, y las bocas gemelas se movieron un poco más en dirección a Larkin. "Eso podría ser difícil de probar," dijo.

Larkin nuevamente se frotó la cara, esta vez con la mano desnuda, aunque todavía sostenía el pañuelo en la otra mano. "Es por eso que nunca dije nada al respecto," dijo. "Sabía que nadie me creería. Todo el mundo pensaría que lo maté yo mismo porque no me gustaba que Lucy estuviera aquí tanto."

Después de observarlo en silencio por un momento, Bowdry asintió levemente. "Podría ser," dijo. "Pero también es posible que lo hayas matado tú mismo, pensando que los Wadley serían culpados."

"¡No, tampoco es posible!" dijo Larkin, su voz temblaba un poco. "Porque nunca lo hice." Entonces sus ojos inyectados en sangre lanzaron una rápida mirada a Bowdry. "Si crees que fui yo, ¿por qué sigues luchando contra los Wadleys? ¿Todavia lo haces?"

Bowdry movió los hombros ligeramente. Su rostro curtido era sombrío y duro y en ese momento parecía más cercano a los cuarenta años que a los treinta. "Si realmente lo mataron o no, no es tan importante como podría parecer. Querían matarlo, incluso lo intentaron varias veces, y tarde o temprano lo habrían hecho. Si alguien más lo hizo, no disminuirá su culpabilidad, en lo que a mí respecta." Entonces sus ojos azules se pusieron mucho más fríos y se hicieron como ácido contra Josh. "Pero si alguien más lo hizo, pensando que ellos serían culpados, entonces ese hombre necesita ser matado tanto como ellos. Quizás aún más. Por lo menos, los Wadley nunca han ocultado sus intenciones ni han intentado culpar a otro."

"¡Te digo que nunca maté a ese viejo!," exclamó Josh, ahora con la cara roja y enojada. "Pero en el momento en que lo vi muerto allí, supe que sería yo el culpable. Antes de que los Wadley apareciera, me culparon de lo malo que sucedió por aquí, y parece que las cosas no han cambiado mucho."

"Si no fueron ellos o usted," dijo Bowdry," ¿quién podría haber sido?"

¿Diablos, cómo sabré yo?" preguntó Larkin. "Me di cuenta de que era parte de ese grupo de Wadley."

"No los descarto," dijo Bowdry. "Pero una cosa sigue molestándome. Antes de esa noche, siempre se quedaban en las rocas y disparaban a la casa con rifles. Pero se mató a quemarropa, con una pistola."

"No me mires," dijo Larkin. "Te digo que no fui yo."

"Si no fueras tú o ellos," dijo Bowdry pensativamente, "eso deja solo a otras dos personas que podrían ser."

"¡Otras dos!," exclamó Larkin. "¡Ni siquiera puedo pensar en una!"

"Eso hace que te quede mal entonces," dijo Bowdry. "Porque no creo que haya sido uno de los Wadley."

"Me resulta difícil de creer," dijo Larkin, de repente más tranquilo por alguna razón. "No importa lo que digas, no creo que seas el tipo de hombre que le quita la vida a alguien como lo hiciste con Hunk y los otros dos, no sin que tenías una buena razón para ello. Debes de pensar que ellos fueron los que mataron al viejo, al menos en ese momento. Nunca pensaste que podría haber sido yo hasta después de lo que Lucy dijo, ¿verdad?"

"Fue entonces cuando noté las huellas de tu caballo," admitió Bowdry. "Eran las mismas pistas que alguien dejó aquí la noche en que fue asesinado. Pero hasta entonces solo pensé que era uno de los Wadley."

"Espera un minuto," dijo Larkin. "¿Dices que mi caballo fue el único que vino aquí esa noche?"

Bowdry asintió, mirándolo. "Si alguien más estuvo aquí, hicieron un buen trabajo al ocultar sus huellas. Es por eso que no creo que fueron los Wadleys. No son tan cuidadosos ni tan capazes."

"¡Pero eso no tiene sentido!," dijo Larkin. "Alguien más tuvo que estar aquí. No importa cómo te parezca, ¡sé que nunca maté a ese viejo!"

La cara dura de Bowdry no se ablandó. No había ningún rastro de simpatía en sus ojos azules constantes. Pero después de un momento él asintió ligeramente con la cabeza. "Te creo a medias," dijo. "No sé por qué. Toda la evidencia apunta a ti. Estuviste aquí, tuviste el motivo y la oportunidad, y creo que podrías hacer algo así y nunca perder el guiño de pasar la noche sin perder sueño. Pero de alguna manera no creo que fueras tú."

"No era yo," dijo Larkin, sonriendo con alivio.

"He estado equivocado antes," dijo Bowdry. "Una o dos veces. No hagas nada para que me pregunte si me equivoco contigo."

"Trataré de no hacerlo," dijo Larkin, una vez más a su mismo, imprudente e indiferente. Él comenzó a levantar las riendas, y luego dijo: "Espere un minuto. Casi me olvido de por qué vengo. Nunca dijiste que no hubieras visto a Lucy. Solo sacudiste tu cabeza un ápice. Prefiero oírte decirlo en voz alta."

"No la he visto," dijo Bowdry en voz baja.

Larkin asintió con la cabeza, pero el brillo frío estaba de vuelta en sus ojos inyectados de sangre. "Te creo por ahora, Bowdry," dijo. "Pero esa es mi mujer y no quiero que ella se engañe por aquí. Tengo la corazonada de que podría confiar en ti con cualquier cosa que tengo, incluso mi vida, pero no confiaría en ningún hombre vivo con mi mujer. Solo quería que supieras eso."

Bowdry asintió, sus ojos se volvieron fríos de nuevo. "Tenía esa impresión," dijo. "Tal vez puedas mantenerla alejada de aquí, ahora que el viejo está muerto. Eso espero."

"Claro que quiero intentarlo," le dijo Larkin, y girando el Appaloosa, el rufián cabalgó hacia el Rancho LR.

Bowdry observó hasta que el caballo llamativo y el jinete desaparecieron por la ladera oeste. Luego dio media vuelta y volvió a subir a través de las rocas por donde había bajado.

Cuando estaba a mitad de camino por la pendiente áspera, de repente se detuvo, frunciendo el ceño a la joven pelirroja que estaba de pie al lado de una roca, sonriéndole.

"Si fuera yo un Wadley, estarías muerto," le dijo.

"Estaba pensando en eso," dijo. "¿Qué estás haciendo aquí?"

"Vine a ver cómo te llevas," dijo.

"Estaba haciendo bien hasta que apareciste," dijo, y miró a su alrededor con ojos fríos. "¿Dónde está tu caballo?"

"Está sobre la cresta a una pieza. Quería asegurarme de que Josh no estuviera aquí antes de llegar. Supuse que lo sería. Él siempre anda cerca."

"Tal vez él no confíe en ti."

Ella se encogió de hombros. "Esa es mala suerte suya. No es culpa mía si él piensa que todos los demás son como él. Siempre está poniendo su marca en el ganado de otras personas y creo que piensa que alguien más intentará ponerme su marca."

"Será mejor que te vayas," dijo Bowdry. "Ya tengo problemas suficientes. No necesito más."

Levantó ambas manos y alisó su cabello largo y rojo, de modo que sus senos se levantaron y presionaron contra su camiseta de nogal. Ella estaba mirando a Bowdry con una sonrisa en sus ojos audaces. "Pensé que podrías necesitar algo de comida o algo así," dijo. "¿Cómo te arreglan las cosas?"

"Tengo todo lo que necesito."

"¿Estás seguro ahora?"

Ella seguía sonriendo y él seguía frunciendo el ceño. Él no dijo nada.

"No debes tener una oportunidad de cocinar algo decente para comer," dijo. "Podría traerte algunas cosas, como lo hice por el viejo. O cocina mientras vigilas."

"El viejo está muerto," le recordó.

"No me estás culpando por eso, ¿verdad?"

Bowdry se encogió de hombros. "Dijiste que podría haber sido Josh. Si le disparó al viejo, fue por usted. Y si viene detrás de mí, será por tu culpa."

"Ah, solo dije eso porque estaba enojado. A veces se pone celoso, pero no creo que él hiciera algo así." Después de mirar por un momento, se encontró con la mirada de Bowdry y le sonrió. "De todos modos, yo y él estamos a punto de terminar. Ya le dije que sacara sus vacas de mi rango. Dijo que todos eran suyos porque los robó, y le dije que los tomara a todos entonces. De eso tuvimos ese argumento."

Bowdry escaneó su cara pecosa. Estaba un poco rojo, pero eso parecía ser una quemadura de sol y un color natural intenso. "Parece que se llevó la parte peor."

Sus dientes blancos brillaron en una sonrisa. "Usualmente lo hace. Lo calce bien y luego salgo de su camino hasta que se enfríe. Puedo correr más rápido a pie, y luego me escabullo en mi caballo cuando no está mirando. Siempre me persigue, pero no es muy bueno en seguir pistas."

Bowdry negó con la cabeza. "Cuando un hombre y una mujer tienen una pelea y el hombre sale con un ojo morado, no sé."

Lucy se rió, y luego dijo: "Estaba pagándolo por la que él me dio la última vez. Se dio cuenta de que fue un accidente, pero creo que estaba mintiendo. Miente sobre casi todo."

"Un muy buen mentiroso, ¿verdad?," preguntó Bowdry.

"Casi lo mejor que he visto. Creí todo lo que él me contó hasta que descubrí que casi todo lo que dijo era una mentira. Ha mentido tanto, incluso él no siempre sabe cuándo miente y cuándo no. Él realmente cree la mayor parte de lo que dice. Supongo que es por eso que es un tan buen mentiroso."

Bowdry pensó en eso en silencio.

"Bueno, tengo que irme," dijo Lucy. "Regresaré para ver si estás bien y si necesitas algo."

"No creo que sea una buena idea," dijo Bowdry.

Lucy lo miró, sonriendo un poco. "Creo que tienes miedo de que me disparen por error o algo así. Pero no tienes que preocuparte por eso. Yo puedo cuidar de mí mismo."

"No lo dudo."

CAPÍTULO 8

Gord Wadley sonrió a su hermano mayor. "¿Qué haces ahí detrás de ese escritorio? Al viejo Thacker no le gustaría si regresara y viera que te llevabas a su escritorio de esa manera, repasando sus papeles."

La silla crujió cuando Rufe cambió su masa pesada. Alzó una mano regordeta y alisó sus largas y pesadas patillas y su bigote rizado. "No hay mucho que pueda hacer. Él firmó todo para mí."

La sonrisa de Gord se ensanchó. "Es solo un pedazo de papel. Nunca le pagaste nada."

"El periódico dice que sí. De todos modos, él no es el que me preocupo."

"Sé de quién te preocupas," dijo Gord, todavía sonriendo. "Es Bowdry."

Una expresión de impaciencia cruzó la cara roja hinchada de Rufe. "Deberíamos haber dejado solo a ese viejo. Pensé que sería tan fácil asustarlo como lo hicimos a Thacker. Esa vieja cabaña no vale mucho y ni siquiera le pertenecía. Nunca pensé que enviaría para ningún pistolero. Ahora parece que Bowdry tiene el objetivo de quedarse con el lugar. Quien mató a ese viejo hombre jugó al infierno, y ni siquiera puedo averiguar quién lo hizo."

"No creo que fue ninguno de nuestro equipo," dijo Gord, todavía feliz y satisfecho con el mundo. "Dijiste que solo intentarías asustarlo por un tiempo más, y eso es todo lo que hemos hecho. Me imagino que Bowdry lo mató y nos dejó como si fuéra nosotros."

Gord estudió pensativamente a su hermano menor por un tiempo, con sus manos gordas entrelazadas detrás de su cuello de toro. "¿No crees que podrían haber sido Hunk, Grat y Lon, la noche en que fueron a la ciudad? No lo admitirían, incluso si fueran ellos. No después de que dije que no le hiciera daño."

"No creo que fueran ellos," dijo Gord. "Pero supongo que podrían haberlo hecho y simplemente no dijeron nada al respecto."

"Bueno, no importa ahora," dijo Rufe con un suspiro de cansancio. "Bowdry los mató y no podemos dejar que se salga libre."

"Es cierto," dijo Gord. "Estamos todos listos para enfrentarlo. Esperando a que nos diga la palabra."

Una mirada de irritación entró en los ojos rojizos de Rufe. "Entiendo que uno de los hombres nuevos te ganó esa escopeta en un juego de cartas. El que se llama Whitey, creo."

"Sí, tuvo suerte."

"Suerte, demonios" gruñó Rufe. "La suerte nunca tuvo nada que ver con eso. Sabes que no puedes jugar al poker digno de un demonio. Y esa escopeta nunca fue tuya."

"El viejo doctor Batter no dirá nada," dijo Gord con complacencia. "Él sabe mejor."

"Quizás no para nosotros. Pero él dirá mucho a todos los demás. Nunca deberías de haber tomado su escopeta. No podemos sacarlo a él del país. No digo cuándo podemos necesitarlo de nuevo, cómo van las cosas ahora."

"Bowdry no disparará a nadie más," dijo Gord. "Whitey y ellos dicen que no les importaría ir a verlo por sí mismos, si no quieres que el resto de nosotros se vaya. Hablan como si no fuera problema prenderlo."

Rufe miró asombrado a su hermano menor gordo y sonriente. "Esa es la manera en que Moose y esos mexicanos hablaron. Mira lo que les pasó a ellos."

Por una vez, Gord no tenía nada que decir. Su sonrisa se volvió un poco incierta, su cara regordeta y redonda un poco más roja.

Rufe negó con la cabeza. "No, no podemos ir a la carga como Custer y recibir un disparo como todos los demás. Tenemos que tener un plan."

"Has estado tratando de pensar en un plan ahora por un buen rato," dijo Gord. "No has pensado en nada"?

Los ojos rojos de Rufe brillaban como brasas. "Estoy trabajando en eso," dijo.

Los cuatro hombres nuevos holgazaneaban en el poste superior del corral observando cómo dos de los hombres trabajaban con un caballo somnoliento de color pardo que se sacudía como si tuviera un puma en la espalda cada vez que alguien subía a la silla de montar.

Los nuevos hombres mostraron poco interés en la actividad polvorienta en el corral y no tenían la inclinación de intentar montar el caballo ellos mismos. Tres de ellos eran de un tipo, silenciosos, de mirada furtiva, marcados por batallas olvidadas con otros hombres, animales malos y de la tierra dura. El cuarto era un chico con cabello rubio fibroso y una cara huesuda y burlona.

De vez en cuando, uno de ellos miraba por encima del hombro a la casa de troncos con techo bajo o barría las escarpadas colinas con una mirada penetrante.

Gil Darby, un hombre pequeño y oscuro con una barba negra en las mandíbulas, escupió un chorro de jugo de tabaco, se secó la boca con el dorso de la mano y dijo: "Esto no es una mala situación. Quiero decir, para gente como nosotros."

Los otros no se molestaron en responder, ni dieron señales de haber escuchado. Ellos tenían algo más en sus mentes.

El niño, Rex Medlin, miró a la casa y dijo: "Esto es ridículo. Esa gran tinaja de tripas se está preparando para pensar en algún plan de batalla complicado que no funcionará cuando llegue el momento, cuando todo lo necesite es un buen hombre."

Whitey tenía una cara morena como cuero viejo y cabello blanco sucio que le caía hasta el cuello. Sus ojos pálidos brillaron con una diversión fría cuando dijo: "Un buen hombre, por cierto. No es una cosa para jóvenes inexpertos."

El niño se enfurruñó en silencio. No habría tomado el insulto de nadie más, pero sabía que no debía enredarse con Whitey.

Whitey de repente cayó al suelo como un gran gato y se alejó con mocasines silenciosos. Whitey una vez había explorado para el ejército en Arizona y había aprendido mucho de los exploradores Apache.

"¿A dónde vas, Whitey?" preguntó Gil.

"Creo que probaré esa escopeta," dijo Whitey.

Sin decir una palabra a nadie, Whitey ensilló su caballo y se fue con la escopeta al otro lado del pomo. Esa fue la última vez que alguien lo vio con vida.

Al menos nadie admitió verlo vivo después de eso. Alguien lo vio, el hombre que lo mató.

Pero en este punto, Whitey todavía tenía varias horas de vida y tenía toda la intención de durar mucho más que eso.

Más allá de la primera colina, abrió la escopeta para asegurarse de que estaba cargada. Fue entonces cuando se dio cuenta de que los proyectiles eran perdigones para pájaros. Sus labios se torcieron en disgusto. Él tampoco cazaba pájaros o conejos. Revisó la caja casi llena en su alforja, pero también contenían lo mismo. Bueno, perdigones para pájaros simplemente tendría que hacer. A corta distancia, destrozaría a un hombre bastante. Y tenía su Colt de acción simple si lo necesitaba.

No debería haber vendido mi rifle de Sharps, pensó. Pero él había estado quebrado y hambriento en ese momento, y él no podía comer a un rifle de búfalo. No es que alguna vez hubiera cazado búfalos. Solo Apaches. Después de que el ejército lo dejó ir, los había perseguido por la recompensa de sus cueros cabelludos. Luego, el mexicano rico al que vendió el cuero cabelludo en Sonora, había muerto y había comenzado a robar ganado. Ahora parecía que estaba cazando hombres otra vez, y un hombre blanco debería ser fácil de embolsar después de cazar Apaches. La mayoría de los hombres que el mexicano viejo había contratado para matar a los apaches habían sido asesinados por los Apaches. Whitey había sobrevivido y no estaba preocupado por el hombre llamado Bowdry.

Si Bowdry solo hubiera sabido él que le enfrentaba.

A Whitey le quedaban aproximadamente cuatro horas de vida. Usó una de esas horas en el viaje hacia el norte a través de las colinas rocosas y erosionadas hacia la choza vieja de Pollard. Pasaron dos horas más esperando hasta que oscureciera. Luego, dejando su caballo en un matorral a una buena milla de distancia, comenzó su acercamiento cauteloso a pie, con el Ethan Allen listo, su pulgar en el martillo derecho.

Todavía no había luna y estaba completamente oscuro. Los árboles bajos y negros se agitaban en un viento que había comenzado a soplar al atardecer: la hora en que los vientos solían calmarse. Whitey vio esto como una mala señal, y estuvo tentado de regresar. Pero tenía la sensación de que, para entonces, todos en el 3-Bar sabrían lo que tramaba, y si regresaba con las manos vacías, se vería como un tonto. Además, aunque el viento lo inquietaba, ayudaría a cubrir su acercamiento, ya que tanto el movimiento como el sonido serían más difíciles de detectar con los árboles y arbustos sacudiendo y agitando sus ramas.

Sin embargo, se movía muy despacio, un paso cuidadoso a la vez, y se detenía a menudo detrás de una roca o un arbusto para mirar y escuchar. En un valle angosto y oscuro, entre dos escarpadas laderas rocosas, permaneció inmóvil durante quince minutos, mientras un escalofrío extraño se deslizaba sobre él. El viento se había vuelto frío, pero no tan frío, y no explicaba la opresión en su pecho, la dificultad que tenía para respirar.

Una vez en las montañas de Chiricahua de Arizona, se sintió así cuando acosaba a un Apache mal, un renegado temido y odiado incluso por su propia gente. Whitey de alguna manera había sabido que el Apache estaba cerca, y que si se movía el Apache lo mataría. Entonces él no se había movido. Había permanecido completamente inmóvil el resto de la noche, y en algún momento antes del amanecer el Apache se había escabullido, sin ser visto y sin ser escuchado. Pero Whitey había encontrado su signo.

Bueno, no podía quedarse aquí toda la noche. Cuando salía la luna él estaría expuesto, si había alguien cerca.

Empezó a avanzar hacia la siguiente roca, y allí estaba otra vez, ese escalofrío extraño y paralizador, esa mano invisible de miedo que lo ahogaba. No había visto ni oído nada que lo explicara, pero su sentido sexto altamente desarrollado le advertía de un peligro mayor de lo que jamás había enfrentado, incluso cuando cazaba Apaches.

Él se congeló. Quería desesperadamente lanzarse detrás de la roca más cercana, pero sabía que eso lo delataría. Y pensó que era posible que el enemigo, fuera quien fuese, aún no lo hubiera visto ni escuchado. Entonces, después de un momento, se arrastró hacia la roca negra que tenía delante.

No había nada para advertirlo. Sin movimiento. Sin hacer clic en el golpe de un martillo de arma. Solo una súbita puñalada de llamas desde las sombras negras, un rugido ensordecedor, el golpe adormecedor de la bala que lo golpeó como un puño de plomo.

Lo siguiente que supo fue que yacía en el duro suelo rocoso y la forma sombría de un hombre se inclinaba sobre él, levantando la escopeta y quitándose las cartuchos de los bolsillos, sin perder tiempo ni movimientos. Un momento después, Whitey lo vio alejarse silenciosamente a través de los árboles ventosos. Entonces el hombre se desvaneció en la oscuridad y, para Whitey, la oscuridad también desapareció.

Bowdry escuchó el disparo pero no investigó hasta la luz del día. No tardó mucho en encontrar al hombre muerto. Retrocediendo hacia el caballo atado en el matorral, encontró una caja con media docena de cartuchos de escopeta en la alforja. Tomó los cartuchos pero no encontró nada más que pudiera usar. Luego condujo el caballo hasta el hombre muerto, lo ató a través de la silla y envió al caballo hacia el 3-Bar con un golpe en la grupa.

Hecho eso, se puso a trabajar en el camino del otro hombre. Como tuvo que esperar, fue más difícil y tomó más tiempo. Pero finalmente encontró donde el hombre había dejado su caballo fuera de la vista en algunas rocas y arbustos. A juzgar por los excrementos y otros signos, el caballo había estado allí durante un tiempo, tal vez tres o cuatro horas.

Eso provocó una mirada de preocupación en los ojos azules de Bowdry. El caballo había venido de la ciudad y había vuelto por allí, pero no intentó seguir al caballo. Estaba más interesado en dónde había estado el hombre durante tanto tiempo mientras el caballo estaba atado aquí.

Volviendo al lugar donde había encontrado al muerto, Bowdry intentó seguir las pista del asesino. Pero en esto no tuvo suerte. Antes del tiroteo, el hombre había sido aún más cuidadoso para no dejar ningún rastro después, probablemente porque tenía más tiempo en ese momento.

Hubo una expresión de perplejidad en los ojos de Bowdry mientras se dirigía hacia la cabaña Pollard. Fuera quien fuera el hombre, estaba luchando una guerra secreta y letal contra el grupo de Wadley. Pero lo estaba haciendo por sus propios motivos, no solo para ayudar a Bowdry. De hecho, él estaba usando Bowdry, dejando que él sea responsable de todas las matanzas. Si la ley viniera después de alguien, sería Bowdry.

Pero en este momento parecía que eran los Wadley los que venían detrás de él, todo el grupo. Los vio venir a través de los árboles a no más de cien yardas de distancia. Había al menos una docena de ellos, y uno conducía al caballo del muerto con el cuerpo todavía sobre la silla de montar. Debían haber estado yendo hacia allí y recogido el caballo en el camino.

En el momento en que los vislumbró, Bowdry se colocó detrás de una roca y los observó a través de una maleza. Entraron al trote como si no lo hubieran visto. El gran hombre barrigudo en la frente, sobre un caballo de color rojo-fuego, sería Rufe Wadley, y el joven gordito y regordete que montaba a su lado era su hermano Gord. Algunos de los que estaban detrás tenían un parecido ligero con los dos hermanos, aunque ninguno de ellos era tan gordo. Los dos Wadley parecían enormes en la silla de montar, pero serían bastante cortos en el suelo, ya que ambos tenían piernas arqueadas de aspecto raquítico.

Bowdry no se movió hasta que estuvieron lo suficientemente cerca para verlo detrás de la roca. Luego se puso de pie un poco más recto y les apuntó con la escopeta, aunque mantuvo el mango a la altura de la cintura y simplemente levantó los barriles, con el pulgar sobre los martillos. Sonrió un poco ante su sorpresa mientras se detenían, un anciano de cabello blanco mirándolo con sus ojos negros grandes y asustados.

"Ya es suficiente," dijo en voz baja.

La cara de Rufe se puso un poco pálida detrás de las pecas, pero su voz era fuerte y ruidoso. "Estábamos en camino a la ciudad. No teníamos intención de hacerle ninguna visita hoy, aunque he estado pensando en ello."

"¿Tienes negocios en la ciudad que necesitas tantos hombres?," preguntó Bowdry, examinando las caras duras y los ojos fríos.

La boca de Rufe se abrió y sus pequeños ojos rojos miraron preocupados al pistolero. "Bueno, en realidad estábamos buscando a Whitey allí. Cuando anoche no regresó al rancho, decidimos empezar temprano esta mañana y buscarlo. Pensamos que estaba muerto o lastimado."

"Luego, cuando encontraron a su caballo y a él, decidieron ir a la ciudad y mostrar a todos un poco más de mi trabajo sucio y decir qué buenos muchachos inocentes eran y cómo no es seguro andar en los senderos porque estoy dispuesto a atacar," Bowdry terminó por él. "Dime, ¿qué estaba haciendo Whitey por aquí en la oscuridad?"

"No lo sé con certeza," dijo Rufe, enfadado y rojo en la cara. "Pero no sabía que él vendría aquí. Él nunca me dijo nada sobre eso. Nunca dijo nada a nadie."

Bowdry estudió al hombre grande en silencio, con los ojos fríos.

"Puedo ver que no me creas," gruñó Rufe. "Bueno, no importa nada de lo que pienses. Después de todas las muertos que has hecho, sin ninguna razón, te mereces lo que sea que te pase."

"¡Sin ninguna razón!," rufió Bowdry.

"Lo que sea que pienses, nunca matamos a ese anciano," le dijo Wadley. "Estábamos tratando de asustarlo."

"Y si eso no funcionó, ¿entonces qué?," preguntó Bowdry.

Los pequeños ojos de Rufe se alejaron, pero solo por un momento. "No había pensado tan lejos aún. Si hubiera sabido que iba a causar tantos problemas, nunca me hubiera molestado con él. Necesitamos esa agua, pero porque es tan difícil para el ganado llegar a donde está, no vale mucho."

"No vale lo que te costará," le dijo Bowdry.

"No vale lo que me costó ya," replicó Rufe, con los ojos húmedos y su voz temblando de amarga furia. "Uno de los muchachos que mataste era mi hermano."

Bowdry asintió con gravedad. "Supuse que lo era. En ese momento pensé que él y los otros dos habían matado al viejo y habían regresado para matar a mí. Eso me consumió un poco, e incluso si me equivoqué, pensé que necesitaban ser matados. Pero no maté a ese en la silla de montar allí."

"Puede que no parezcamos muy brillantes a ti, Bowdry," Rufe retumbó. "Pero no somos tontos. Yo no lo soy de ninguna manera."

Bowdry se encogió de hombros. "No pensé que lo creerías. Pero no soy el único enemigo que tienes aquí. No sé quién es, pero alguien está tratando de matar a algunos de ustedes y dejar que todos piensen que fue yo."

Algunos de los hombres gruñeron con burla y un hombre de pelo claro y ojos verdes, Clete Anson, preguntó enojado: "¿Qué tan estúpido crees que somos, Bowdry? Estuve aquí el día que disparó a Pink Deeble, cuando nos estábamos metiendo en nuestros propios asuntos, en nuestro camino de regreso al rancho."

"Yo estaba con ellos también," dijo Gord.

"¿Me vieron dispararle?," preguntó Bowdry.

"Diablos no," dijo Gord. "Te quedaste escondido en las rocas y nunca nos diste ninguna oportunidad."

Bowdry negó con la cabeza, pero no dijo nada. Parecía que hablar más sería una pérdida de tiempo.

Rufe lo estaba estudiando pensativamente. "Si no mataste a Whitey, ¿quién lo hizo?"

"No lo sé," dijo Bowdry. "Pero tengo la intención de averiguarlo. Puedo matar por mi propia cuenta, y hago lo suficiente sin que me culpen por los de alguien más."

"Asi es," ladró Rufe. "Incluso si no mataste a Whitey, mataste a mi hermano, y eso es suficiente para mí. Ahora vas a tener que usar esa pistola de dispersión o vamos seguir nuestro camino. Puede obtener algunos de nosotros, pero no nos conseguirá a todos."

"No tenía la intención de usarlo a menos que tuviera que hacerlo," dijo Bowdry. "Hoy no de todos modos. Pero en el futuro te aconsejo que te mantengas alejado de la carretera y no tomes atajos por aquí. Si veo a alguno de ustedes aquí después de esto, lo interpretaré en el sentido de que han venido detrás de mí, y dispararé primero y haré preguntas más tarde."

"Diablos, eso es lo que has estado haciendo todo el tiempo," dijo Gord.

"Cállate, Gord," dijo Rufe. Sostuvo las riendas en su puño gordo, estudiando a Bowdry con ojos duros. "Todavía no sé cómo voy a hacerlo, pero pretendo que pagarás por lo que hiciste a Hunk y a los demás. Esto no era ninguna cosa tuya. Fue entre nosotros y ese viejo tonto que no tuvo el suficiente sentido común como para salir mientras pudo, y tú tenías que venir aquí y ponerse de su parte para acusarnos.

Ni siquiera nosotros le disparábamos, pero tenías que ir y matar a un montón de nosotros. Bueno, será mejor que disfrutes estos próximos días. Podrían ser los últimos."

"Mejor déjarlo antes de que otros mueran," dijo Bowdry.

"Déjalo, demonios," Rufe resopló. "Mi objetivo es verte muerto sin importar cuántos más de nosotros tenemos que morir antes."

Con eso pateó al caballo rojo en un trote rápido y los otros lo siguieron de cerca detrás de él, mirando hacia atrás a Bowdry hasta que estuvieron fuera de la vista.

CAPÍTULO 9

Emergiendo del lobby del hotel con su manta enrollada bajo el brazo, Miles Hinton sintió un poco de molestia cuando encontró al grupo habitual de ancianos retozando en la galería. Taladrando y hablando. Ellos nunca pararon de hablar. Al igual que unas viejas, pensó.

El viejo Doc Batter, el mayor hablador entre ellos, levantó la vista y dijo:" ¿Cómo estás, joven amigo? Oí que dejaste tu trabajo."

"En verdad, ellos no necesitan un recepcionista. El Sr. Stewart dijo que parecía que iba a tener que dejarme ir si el negocio no mejoraba pronto." Hinton se encogió de hombros. "Renuncié para no tener que despedirme."

Hablaba en voz baja y cortésmente por hábito. Pero los veteranos se movieron inquietos cuando giró sus grandes ojos pálidos hacia ellos. Para ellos era solo un hombre agradable y tranquilo que había venido a Grey Buttes hacía un tiempo y había ido a trabajar al hotel. Ellos no sabían nada más sobre él. Nunca lo admitieron, ni siquiera entre ellos, pero a ellos no les gustó. Él los hizo sentir incómodos. Esos ojos fríos como peces, tan redondos, sin pestañear ni expresivos cuando los dirigió hacia uno. Pero fue más que eso. Era una sensación de que lo rodearon.

Hinton era consciente de su aversión e incomodidad, y eso le molestaba. Una vez le había preguntado al Sr. Stewart por qué los dejaba cortar en la veranda todo el tiempo y hacer un lío, cuando no se quedaban en el hotel o incluso comían allí a menudo, pero el Sr. Stewart le había dicho que los dejara solo, no significaron ningún daño. Pero a Hinton no le gustó. No le gustaban allí todo el tiempo. Toda esa charla estúpida.

"¿Qué pretendes hacer ahora?," preguntó el viejo doctor Batter. Batter no estaba allí tanto como los demás, pero lo compensó cuando estuvo allí. Ese pequeño anciano simplemente nunca dejó de hablar y, a diferencia de la mayoría de la gente del oeste antiguo, era entrometido como el infierno. "Tu objetivo será quedarte por un tiempo, tal vez buscar otro trabajo, ¿o irte?"

"Aún no lo he decidido," dijo Hinton, educadamente, aunque quería decirle al anciano que no era asunto suyo. "Quiero simplemente tomarlo con calma durante unos días. Salga al aire libre más. Montar un poco."

El viejo doctor echó un vistazo a Colt, con mangos de hueso. "¿Y ponerse al día con su práctica de tiro? Me enteré de que eres muy útil con ese arma."

Hinton se encogió de hombros, todavía distantemente educado. "Es una forma de pasar el tiempo."

"Es una pistola de buen aspecto," dijo Doc Batter. "¿Qué es eso, un .45?"

".44," dijo Hinton. "Bueno, supongo que los veré a ustedes caballeros cuando regreso. Puedo decidir acampar, si el espíritu me mueve. Es por eso que me llevo mis frazadas y algo de comer."

"Si te encuentras con ese Gord Wadley por alguna parte, dile que necesito mi escopeta para ir a cazar," el viejo Doc Batter dijo, buscando su frasco. "Pero no creo que sea bueno. Probablemente nunca volveré a ver esa arma."

"Tengo la sensación de que tienes razón," dijo Hinton, saliendo de la terraza.

Lo vieron bajar por la calle polvorienta y compacta hacia el establo, y uno de los veteranos dijo: "El niño tonto ni siquiera sabe cómo enrollar sus mantas. ¿Te das cuenta de cuán largo es ese rollo?"

"Sin duda, se ve diferente con ese sombrero y pistola, ¿no? Si él no se pareciera tanto a un tipo en sus lujosos trapos, diría que era un pistolero."

"Puede ser," dijo el doctor Batter, bajando su matraz y mirando al ex recepcionista. "Escuché que él es muy bueno con esa arma."

"¿Dónde oíste eso, doc?," preguntó un viejo barbudo sonriente que no tenía sombrero ni pelo en la cabeza. "No conozco a nadie que lo haya visto disparar. Él fue quien dijo que solo lleva esa arma para disparar a objetivos de tiro. Tal vez lo usa porque tiene miedo de esos Wadley."

"No puedo decir que lo culpe," dijo el viejo doctor Batter, dando otro tirón al matraz. "Creo que les dije a ustedes, muchachos, qué tuve un ariesgo asustante el otro día."

Hinton, mientras tanto, había llegado al establo. Esperó mientras el viejo conductor ensillaba a su caballo alazán y luego ataba el rollo de manta detrás de la silla de montar. Al pisar la silla de montar, salió de la ciudad y se dirigió hacia el sur, hacia las colinas letales donde pocos se atrevían a montar.

Había recorrido casi un kilómetro y medio al trote, cuando de repente se detuvo junto a un grupo de árboles y observó el atenuado de Wadley en el camino a la ciudad. Parecía ser el grupo completo más tres hombres nuevos que no había visto antes y el hombre muerto que saltaba sobre su silla de montar. Entonces Hinton buscó en su memoria y decidió que faltaba un hombre: Pink Deeble, el hombre con araña de bala cuya vida el viejo Batter afirmó haber salvado.

Una sonrisa brilló brevemente en los ojos vidriosos y grises de Hinton. Este sería un buen momento para terminar ese pequeño trabajo, mientras que los otros estaban ausentes. Sería irónico si Deeble fue atacado esta vez con la propia arma del Doc Batter.

Esperó hasta que los hombres de 3-Bar eran indistinguibles en el polvo en la distancia hacia la ciudad. Luego regresó al camino y cabalgó hacia el sur. Cuando el sendero se bifurcaba, tomó el sendero que llevaba hacia LR. Si los Wadley notaban sus huellas en el camino de regreso, pensarían que las huellas habían sido hechas por Josh Larkin o alguien en camino al pequeño rancho de Lucy Reardon en las colinas, y que no pensarían más sobre eso.

Lucy Reardon. Los ojos pálidos de Hinton eran extrañamente soñadores mientras cabalgaba en la mañana brillante, el sol brillando amarillo y cálido en las colinas salpicadas de pedregales y cubiertas de piedras. Estuvo tentado de irse a su rancho, o cerca de allí, solo con la esperanza de tener una vista distante de ella. La había visto pocas veces en la ciudad y nunca había hablado con ella, pero en su mente la veía a menudo y algunas veces mantenía conversaciones imaginarias con ella. La mayoría de las mujeres no interactuaban mucho con él, pero la mayoría de las mujeres no se parecía a ella. Ese pelo largo y rojo, esas curvas fantásticas ... se limpió la mano derecha sudada en los pantalones, una mano que nunca sudaba cuando tenía una pistola.

Él la apartó de su mente y desvió el camino, dando vueltas alrededor de la vieja cabaña Pollard escondida en las rocas y luego formando un curso recto para el 3-Bar. Si los Wadley lo seguían, parecería que había venido directamente del lugar de Pollard, pero perderían el rastro en un terreno rocoso antes de llegar allí.

No le molestaba que Bowdry fuera culpado por lo que hizo. Bowdry ya había matado a tantos hombres, ¿qué importaba si obtenía el mérito de unos pocos que no había matado? La ley, si alguna vez se agarraba, no podía colgarlo más alto, los Wadley no podrían matarlo sino una vez. No importa cómo lo miraba, Bowdry estaba condenado. Y Hinton pensó que le estaba haciendo un gran favor al hombre al eliminar a algunos de sus enemigos. Debido a él, había una posibilidad pequeña de que Bowdry pudiera salir vivo de esta situación. Pero a Hinton realmente no le importaba mucho de una forma u otra. Bowdry no significaba nada para él.

Finalmente se detuvo en una colina de cedro que daba al 3-Bar. Estudió los edificios y los corrales de aspecto desértico durante un tiempo, luego desató el rollo de manta de detrás de la silla de montar, quitó la escopeta e hizo un rollo más corto y más limpio esta vez. La escopeta de cañón largo tenía dos partes. Lo armó y lo cargó, luego volvió a la montura y caminó silenciosamente por la ladera a través de las rocas y los cedros atrofiados.

Dejó el caballo alazán detrás del barracón sin ventanas, dio la vuelta y abrió la puerta. "¿Alguien aquí?," llamó.

Pink Deeble se sentó en una litera asquerosa y se apartó el pelo rubio que parecía muerto de sus ojos rosados. Su camisa estaba desabrochada y se podía ver una sucia venda blanca en su escuálido pecho. "Solo yo," dijo con voz hueca. "Todos los demás se han ido a buscar a un hombre que no regresó anoche." Echó un vistazo más de cerca a

Hinton enmarcado en la entrada, sus ojos débiles parpadeando ante la luz brillante del exterior. No pudo distinguir claramente las características de Hinton. "No creo que te haya visto antes. ¿Estás buscando trabajo por aqui?"

Pink se abrochó la camisa. "Solo me estaba preparando para preparar algo de comer, luego me dormí de nuevo. He estado jugando el cocinero en estos últimos días. No tenemos cocinero regular aquí desde que Bertha Wadley se escapó con Moose Grogan. Pero su nombre no era Wadley, después de casarse con Clete Anson. Ella solía cocinar para todos aqui, aunque no le gustaba hacerlo mucho. Desde que ella se fue, hemos estado dando vueltas. No me toca a mi, pero alguien me arrojó un tiro el otro día."

Miró a Hinton y notó la escopeta en su mano, sostenida a lo largo de su pierna. Sus ojos casi saltaron de sus órbitas y su cara, ya pálida, se volvió enfermiza de terror. Sin embargo, hizo un intento desesperado de parecer tranquilo y despreocupado, como si no hubiera reconocido la escopeta y no supiera que Hinton debió haber matado a Whitey para conseguirlo.

Se puso de pie con cuidado, diciendo con un ligero temblor en su voz,"Veré si puedo hacernos algo de comida. Podría usar una mordedura yo mismo."

Cogió su sombrero, mientras Hinton lo miraba con diversión fría. El cinturón y la pistola de Deeble colgaban en el poste de la litera un poco debajo de su sombrero. Cuando su mano estuvo casi junto al sombrero, de repente se inclinó hacia la culata de nuez. Pero no habría importado lo que hizo. Él habría muerto de cualquier caso. Él solo apresuró su fin un poco agarrándose por el arma.

Miles levantó la escopeta y vació ambos cañones en un rugido ensordecedor, salpicando a Pink por todo el lugar. Pink nunca supo qué lo golpeó.

El recién difunto Whitey tenía razón. A corta distancia, disparo de pájaro haría que un hombre se ponga muy mal.

Había varios caballos en el corral. Hinton los expulsó, los alejó y los dispersó, perdiendo sus propias pistas entre las de ellos. Pero uno de los caballos, un alazán que se parecía mucho al suyo, se adentró en las colinas. Condujo al caballo a un lugar distante, lo disparó y derrumbó tierra y rocas sobre él. A la vista casual, parecería que una sección del banco cedió debido a la erosión del agua en la estación lluviosa.

Cuando los hombres de Wadley regresaron, lo primero que notaron fueron los barrotes del corral y los caballos desaparecidos.

"Ese maldito Pink," dijo Gord. "Debía haber dejado abierto los barrotes."

"¡Pink!" rugió Rufe, girándose en la silla para mirar alrededor. Entonces notó que la puerta abierta del barracón. Se dirigió hacia el barracón, se inclinó sobre la silla y miró dentro. "¡Ven aquí!"

Salieron corriendo, algunos a caballo y otros a pie, y se metieron en el barracón. El grito de indignación de Clete se escuchó por encima del murmullo excitado de voces. Clete había sido muy aficionado a Pink Deeble, el medio albino. "¡Disparo de pájaro! ¡Ese bastardo vino aquí mientras estábamos fuera y atacó a Pink con esa escopeta que quitó de Whitey! ¡Lo sabía todo el tiempo que fue él quien mató a Whitey!"

"¡Cállate!" rugió Rufe, para que nadie olvidara que todavía estaba pensando y dando las órdenes. "¡Dos de ustedes quédense aquí y limpienlo del suelo! ¡El resto de ustedes monten sus caballos!"

"Demonios, también está salpicado en las paredes," dijo alguien. "Tomará más que dos."

Ese uno y dos más se quedaron atrás. Los otros galoparon detrás de los caballos robados. La cara de Rufe era violeta con una creciente ira. Su voz era ronca. "¡Ahora está robando mis caballos!"

"Diablos, los hemos robado nosotros," dijo Gord, sonriendo.

"¡Cállate!" gritó Rufe.

Las huellas de los caballos pronto se dispersaron, y Clete dijo: "¡Fue solo un truco!"

"Diablos, siempre pensé que sí," dijo Gord, la sonrisa habitual en su cara roja.

"Nunca pensaste nada de eso," resopló Rufe. "No tienes suficiente inteligencia. Y tú, como el infierno, no habrías esperado tanto para decir algo."

"Ahora no sabemos cuales pistas a seguir," dijo Clete con disgusto. "Pero no importa. Sabemos a dónde fue. Él está de vuelta en las rocas por ahora. Deberíamos volver a rastrearlo."

Rufe miró a los hombres nuevos. "¿Qué piensan ustedes, muchachos?"

Simplemente se encogieron de hombros, mirando hacia la dirección general a la que se habían ido los caballos.

Los ojos del viejo Bones estaban húmedos y amargados. "Desearía que Moose estuviera aquí. Él sabría qué hacer."

Rufe resopló ante eso. Estaba de muy mal humor, y se estaba quedando sin paciencia. Todo parecía ir mal últimamente y parecía incapaz de hacer algo al respecto, con la clase de ayuda que tenía. "Moose, demonios," dijo. "Moose está muerto porque no tenía suficiente cerebro como para salir de la lluvia."

El viejo Bones le lanzó una mirada torcida, sorprendido por tal conversación. Pero cuando vio la mirada salvaje en los ojos de Rufe, mantuvo su resentimiento hacia sí mismo y tembló en una ira silenciosa.

"Bueno, vamos a reunir a los caballos y decidir luego qué hacer con Bowdry," dijo Rufe con disgusto.

Él mismo regresó al rancho y dejó que los otros recogieran los caballos. Gord entró más tarde y le dijo que los habían encontrado a todos excepto a uno. "Parece que Bowdry robó esa alazán con cara de fuego."

CAPÍTULO 10

"¿Que demonios?"

Bowdry, aunque normalmente no era un hombre que hablaba consigo mismo, expresó un gruñido de sorpresa cuando escuchó el ruido de los caballos que se acercaban rápidamente más allá de la cresta oeste, y lo que sonó como un grito femenino de ayuda.

Estaba parado en las rocas en la cresta del este, con la escopeta acunada en sus brazos. Mirando a su alrededor, vio a Lucy Reardon abanicando su pinto de colores brillantes en la ladera opuesta hacia la vieja choza. Josh Larkin no estaba muy atrás en su igualmente colorido Appaloosa, gritándole a ella. Ella gritó a Bowdry, invisible en las rocas. Pero ella debió haber imaginado que estaría donde estaría, porque ella pasó al galope al otro lado de la cabaña, todavía gritando su nombre.

Cuando estaba casi en el pozo de agua, el pinto cayó en un hoyo y dio un pequeño salto mortal. Lucy voló una pequeña distancia por el aire como un pájaro que aún no había aprendido a volar, con los brazos y las piernas aleteando frenéticamente, el pelo largo y rojo flotando detrás. Aterrizó con un fuerte gruñido que no era de una dama y que la dejó sin aliento. Pero ella subió rápidamente y corrió gritando por las rocas para escapar de las pezuñas del Appaloosa, ahora casi encima de ella, mil libras de animal emocionado frenético.

Josh bramó un grito de rabia incoherente y se lanzó hacia ella. Abajo ella volvió a gritar con más fuerza, pero salió escupiendo polvo y arañando y chillando como un gato salvaje. Larkin retrocedió con los brazos hacia arriba para protegerse la cara.

Bowdry suspiró. Parecía que la comedia humana se hacía más divertida todo el tiempo. Pero por el momento, la pareja parecía humana solo en forma.

Se volvió para explorar el valle hacia el este y el cedro se inclinaba más allá, ignorando los ruidos y los gritos detrás de él. No era un hombre con mucha fe y se le ocurrió que esto podría ser un truco para desviar su atención del peligro que se aproximaba en otra dirección. Pero él vio que descartaba la idea y bajó sin prisa a través de las rocas hasta el pozo de agua, se inclinó para beber, luego se levantó y se quedó mirando la pelea, sonriendo un poco hasta que lo notaron. Entonces parecía tan sobrio como un juez.

Josh retrocedió y dejó caer las manos cuando vio a Bowdry. Lucy estaba en cuclillas, con la mano derecha en puño, la izquierda fuera como una garra, sus dientes blancos desnudos en una especie de gruñido. Parecía que solo empezaba bien, mientras que Larkin sudaba y se agitaba como si hubiera tenido que correr su pinto a pie, incluso antes de que comenzara la pelea.

"¿Necesitas ayuda?," le preguntó Bowdry.

"¿Quién, yo?" preguntó Larkin, su acento del país de las vacas de ninguna manera se vio afectado por su emoción. "Diablos, no, no necesito ayuda. Solo vine a devolverla a la LR donde pertenece."

Lucy tampoco parecía muy entusiasmada. Aparentemente era un juego al que solían jugar. Ella casi sonreía cuando dijo: "No voy a volver contigo, hijo de puta." Pero entonces sus ojos de repente ardieron de ira. "¡No volveré hasta que saques tu basura de mi casa y tus vacas fuera de mi rango!"

"Me iré cuando esté listo," le dijo Larkin, tocando un pequeño corte en la esquina de su boca. "Además, la mayoría de esos vacas son míos de todos modos."

"¡Ja!," dijo ella. "¡Los has robado!"

"Creo que deberías saberlo," respondió el ladrón. "Fue principalmente idea suya. Todo eso habla de cómo podríamos tenernos una gran manada en poco tiempo. Cómo podríamos ser socios con nadie más ni sabio, y cómo ni siquiera tendríamos que cambiar la marca porque LR podría representar a Larkin y Reardon tan fácil como podría representar a Lucy Reardon."

Ella lanzó a Bowdry una mirada incómoda, y luego le dijo con enojo al hombre de grandes dientes que tenía ante ella: "¡Estás mintiendo! Eso es todo lo que haces, es hablar mentiras. El mayor mentiroso que he visto."

La boca de Josh se abrió con una expresión de sorpresa genuina. "¡Mira quién está hablando! Cuando se trata de mentiras, ¡ni siquiera estoy en el mismo nivel contigo! Dijiste que solo bajarías a echar un vistazo a ese pozo de agua, pero yo sé a qué abrevadero te dirigías, ¡es cierto!

"Así que tenías que seguirme, como siempre," dijo con desprecio mordiente. "Siempre escabuyéndose y espiándome."

Bowdry lanzó una mirada incómoda detras de su hombro, y luego dijo con repentina impaciencia: "Ustedes dos deben terminar eso en otro lugar."

Josh se ofendió por su tono. Se enrojeció de ira y miró al pistolero con un aire malvado. "Tengo tanto derecho a estar aquí como tú. Este lugar no te pertenece. Nunca perteneció al viejo Pollard, y por cierto no te pertenece a ti. Es el mío tan como es el tuyo."

"Puedes tenerlo después de que me haya ido," dijo Bowdry, sus ojos azules se convirtieron en hielo. "Si todavía estás vivo."

Josh resopló. "¿Quieres decir si tu todavía estés vivo!"

"Si es una pelea que quieras—"

Larkin se erizó como un perro enojado. "Sí, ¿y si es?" el chasqueó.

"—Estoy bastante ocupado con los Wadley, pero creo que puedo dedicarle unos minutos."

El pistolero estaba demasiado tranquilo y calmado sobre todo el asunto, y a Larkin no le gustaba el frío helado en los ojos azules. El gran ladrón de repente se volvió hacia su caballo, diciendo por encima de su hombro, "No vine aquí buscando ningún problema. Acabo de verla." El Appaloosa se detuvo cerca de tierra, deteniéndose en un instante después de que Larkin había dejado la silla. Larkin se subió a horcajadas y se sentó mirando a Lucy con una mezcla de rabia persistente y desesperación en sus ojos. "¿Vienes o no?"

Ella estaba de pie con las manos en las caderas, mirándolo con triunfo regocijado. "¿Qué piensas, hombre grande?," se burló. Ella sacó su lengua hacia él e hizo un sonido muy poco femenino.

Larkin enrojeció la cara. Empezó a bajar de su caballo, luego miró al silencioso Bowdry y cambió de opinión. "¿Vas a quedarte aquí con él?," le preguntó a Lucy.

"¡Haré lo que me venga en gana!," dijo ella desafiantemente.

"Ya veremos eso," le dijo Josh, con las mandíbulas apretadas y la cara tan roja que parecía que podría explotar. Giró el Appaloosa y lo subió por la ladera empinada a través de las rocas en un galope temerario, que era la única forma en que parecía montar.

Lucy se quedó mirándolo, su expresión se transformó en preocupación. "Se dirigirá directamente al 3-Bar," dijo.

"¿Buscando un poco de ayuda?" preguntó Bowdry.

Ella asintió. "Si no puede hacerme regresar de una manera, lo hará de otra."

"Pensé que él estaba a punto de declarar la guerra en el 3-Bar. Eliminar la competencia."

Lucy lo miró. "En este momento eres la única competencia por la que está preocupado."

Bowdry la miró con ojos duros. "Claro que no sé por qué estabas huyendo de él o gritando por ayuda. Debería haber sido al revés. ¿Por qué te dirigías así de todos modos? Quiero decir, antes de que él salió después de ti?"

Ella se encogió de hombros. "Quería ver cómo te está yendo. Y pensé que te gustaría hablar con alguien sobre todos estos problemas en los que te encuentras."

Bowdry negó con la cabeza. "No tengo ningún problema. Ellos son los que están en problemas. No quiero presumir, pero esos chicos son superados. Deberían haber seguido ladrando y molestando a los viejos."

"Pensé que habían elegido al anciano equivocado," dijo Lucy. "Eres Will Pollard, ¿verdad? Él me habló de ti."

Bowdry una vez más negó con la cabeza. "Mi nombre es Bowdry. Ese viejo era un poco débil en la cabeza. Parecía pensar que yo era su hijo y simplemente lo dejé pensar. He oído hablar de Will Pollard, pero no soy él."

"¿Estás segura de eso?," preguntó ella, mirándolo con escepticismo.

Bowdry frunció el ceño levemente. "Piensas lo que quieras. No me servirá de nada seguir repitiéndolo."

"Si no eres él, ¿por qué estás aquí?," preguntó Lucy. "¿Te envió Harris Thacker?"

"Nunca vió a Harris Thacker. Pero si lo que escuché es verdad, podría haberme contratado bastante barato."

"¿Qué escuchaste?"

"Lo que todos escucharon, supongo."

"¿Te refieres s los Wadley que lo obligaron a firmar su rancho y luego lo sacaron del país?"

Bowdry simplemente asintió, con los ojos fríos.

"Así que es por eso que lo haces," dijo. "No te gusta la idea de que se salgan con la suya. ¿Pero qué puedes hacer contra todos ellos?"

"Están siendo menos todo el tiempo," dijo Bowdry.

"No apuestes," dijo ella. "Es un lugar frecuentado por cada ladrón y forajido de dos o trescientas millas, y creo que los Wadley tienen algunos parientes más en Texas o en algún otro lugar."

"Nunca llegarán a tiempo para hacer mucho bien para este grupo."

Lucy estudió pensativamente al pistolero. "Usted debe estar bromeando. Hay a menos una docena de hombres rudos y mezquinos allí. Todos aquí están asustados de ellos."

"No lo soy," dijo Bowdry. "Conocí a su tipo antes. No son tan duros como piensan."

"Y ahora ese loco Josh probablemente se unirá a ellos por mi culpa," dijo Lucy preocupada. "Nunca pensé en él haciendo un truco como ese. Pero solo sé que es allí donde él se fue."

Bowdry frunció el ceño con fastidio. Su voz era incluso más tranquila de lo habitual, pero tenía un aspecto áspero. "Maldición, te pedí que te mantienes lejos de aquí. Te dije que ya tenía suficientes problemas. Pero tenías que jugar juegos, tratando de hacer el ridículo con él y con mí también." De repente, él la miró con dureza. "¿Eso es lo que ha estado sucediendo todo el tiempo? ¿Podrías venir por aquí cada vez que tú y Larkin tuvieran una pequeña disputa, dejándo como si necesitaras que ese anciano te protegiera? ¿Así es como fue?"

Ella apartó la mirada, su rostro pecoso quemado por el sol, incluso más rojo de lo normal. "¡No! ¿Qué te dio esa idea?"

Bowdry frunció el ceño mientras la miraba. "¿Cuánto tiempo te quedaste aquí de todos modos?"

Ella le lanzó una mirada enojada. "¡Eso no es asunto tuyo! Si no eres Will Pollard, entonces ese anciano no era nada para ti, y no tienes derecho a hacerme todas estas preguntas."

"Quien soy no es importante," dijo Bowdry. "Quién mató a ese viejo, eso es lo importante."

Hubo una súbita mirada de angustia en el rostro de Lucy. Pero ella no estaba mirando a Bowdry ni prestando atención a sus palabras. "Oh, no," dijo en voz baja.

Bowdry se volvió. El pinto estaba cojeando con un tobillo roto, relinchando suavemente por el dolor.

"¡Dios mío!," dijo Lucy Reardon. "Ese bastardo me hizo arruinar mi caballo. Ahora tendré que matarlo."

"No aquí," dijo Bowdry. "Habrá suficientes buitres pululando por aquí sin un caballo muerto."

"¡Oh, diablos contigo!," gritó Lucy, yendo hacia el pinto.

Pero al final ella dejó que él guiara al caballo mal cojeando sobre la cresta del este y lo disparara tan lejos que apenas escuchó el disparo.

Cuando regresó ella estaba sentada en el suelo cerca del abrevadero, abrazándose las rodillas. "Ese fue el mejor caballo que tuve," dijo.

Bowdry la miró sorprendido, pero no dijo nada. Como la mayoría de los hombres del oeste, no tenía mucho uso para los pintos. Pero los indios y las mujeres de todas las razas parecían gustarles.

"Bueno, me gustaba lo mejor," dijo después de un tiempo.

"No puedes quedarte aquí," dijo Bowdry en voz baja. "No sé cuándo aparecerán los Wadley. Puedes tomar el ruano del viejo. Lo ensillaré para ti."

"No voy a ir," dijo ella. Mirando hacia la vieja choza con los ojos vacíos.

Bowdry la miró bruscamente. "¿Qué quieres decir con que no vas a ir?"

"Solo eso," dijo ella. "Me quedo aquí."

"Como el infierno. Lo siento por tu caballo, lo siento por Larkin, lo siento por todo. Pero no puedes quedarte aquí. No puedo preocuparme por ti y los Wadley al mismo tiempo."

"No tienes que preocuparte por mí," dijo. "Yo puedo cuidar de mí mismo. Y puedo manejar un arma. Necesitarás ayuda, especialmente si Josh regresa con ellos. Él conoce este lugar mucho mejor que ellos, tal vez incluso mejor que tú. Él conoce todos los escondites, todos los caminos dentro y fuera. Cuando estaba aquí, él solía escabullirse en las rocas espiando sobre nosotros. A veces, por la noche, incluso se acercaba furtivamente e intentaba mirar por la ventana. No sé lo que el tonto celoso esperaba ver."

"¿Quieres decir que vendría a pie?" preguntó Bowdry.

Ella asintió. "A veces dejaba a su caballo por allá, al otro lado de la cresta, para que no lo escucháramos si relinchaba o algo así."

Bowdry se puso en cuclillas sobre sus talones cerca de ella y se inclinó sobre el Greener, pensando en lo que ella había dicho. "Estuvo aquí la noche en que so mató al anciano. Me dijo que vino aquí buscándote."

Miró rápidamente a Bowdry y luego miró hacia otro lado. "Ni siquiera estuve aquí esa noche. Solo fui a dar un paseo. Pero creo que pensó que estaba aquí."

Después de un momento, Bowdry preguntó: "¿Crees que podría haber matado al viejo?"

Lucy se cruzó de brazos, abrazándose a sí misma como si tuviera un escalofrío. "No lo sé," dijo ella. "¿No crees que fueron los Wadley?"

"Al principio simplemente daba por sentado que eran ellos, o uno de ellos. Vi a tres de ellos en la ciudad esa noche y pensé que se detuvieron en el camino a casa, allá por una pieza, y uno de ellos cabalgó hasta allí y disparó al anciano. Solo encontré las huellas de un caballo, y resultaron ser las huellas de Appaloosa de Larkin. Pero juró que no mató al anciano y casi me convenció de que estaba diciendo la verdad. Si no lo fue, es uno de los mejores mentirosos que he encontrado."

"Eso es, por seguro," dijo Lucy. Ella pensó por un momento, luego negó con la cabeza. "Simplemente no lo sé. Sé que no le gustó que viniera aquí, y creo que lo empeoré al molestarlo. Pensé que era gracioso como se ponía tan enojado y celoso. Y también era divertido cuando el viejo le tenía miedo pero estaba decidido a protegerme con su propia vida si era necesario. Nunca pensé ni por un minuto que estaba en un peligro real, pero no lo hice. Eso lo habría echado a perder, y si el señor Pollard alguna vez se hubiese dado cuenta, probablemente no me hubiera dejado quedarme aquí cuando Josh estaba teniendo uno de sus hechizos. Por supuesto, eso hubiera sido exactamente lo que Josh quería, que el señor Pollard me obligara a irme. Esa es la única razón por la que lo hice, para fastidiar a Josh. Seguro que nunca pensé que terminaría como lo hizo. Quiero decir, si Josh lo mató."

"Todo apunta a él," dijo Bowdry. "Pero a pesar de eso, tengo la sensación de que fue otra persona."

"¿Quien?"

"Ojalá supiera."

CAPÍTULO 11

Josh se dirigió directamente al 3-Bar, su cara roja de rabia. El Appaloosa brilló a través del país gris y desolado, dejando una mancha de polvo. Galopando en el patio sin tener en cuenta la alarma que se extendió entre el traje de dedos con picazón y se dirigió a la puerta como si tuviera derechos.

Rufe se sentó pesadamente detrás del escritorio de la oficina intentando, como de costumbre, parecer importante. Su rostro hinchado y rojo registró conmoción e indignación ante la entrada, sin ceremonias, de Larkin.

"¿Diablos, qué quieres decir con esto? ¿No sabes que portandose así, tendrás suerte de recibir un disparo?"

"Ustedes, cierto, no han tenido mucha suerte de disparar a nadie hasta ahora," arrastró Larkin. "A menos que fuera el viejo Pollard."

"No fuimos nosotros," espetó Rufe. "Pensé que era tú."

"En ningún modo fui yo," dijo Larkin. "Creo que Bowdry crea que sí. Pero no me importa lo que piense."

"¿Qué puedo hacer por ti?," preguntó Rufe con impaciencia.

"No es lo que puedes hacer por mí," le dijo Larkin. "Es lo que yo puedo hacer por ti."

Bowdry guió a los dos caballos por las rocas hasta el pozo de agua, tomó un largo trago si mismo y llenó su cantimplora. Luego llevó a los caballos al corral, hizo girar al ruano en el corral y apretó la cincha de la silla del caballo marrón.

Lucy llegó a la puerta de la cabaña. "¿Estás volviendo a poner los caballos en el corral?," preguntó ella.

"Solo el ruano," dijo. "Te será útil si decides usarlo."

"¿Quieres decir que te vas?," preguntó ella sorprendida.

Él se volvió y la miró con ojos negros. "No me dejas muchas opciones," dijo. "No puedo obligarte a salir, así que tendré que ir yo."

"¿Crees que eso evitará que ataquen?," preguntó ella. "Ni siquiera sabrán que te has ido."

Él asintió, mirándola con sus ojos azules medio cerrados contra la luz del sol. "No quedaría por aqui si fuera tú. No serviría para nada que yo no esté, ¿verdad?"

"Así que eso es todo," dijo ella, su cara enrojeciendo detrás de las pecas. "¡Es solo un truco para hacerme ir de aqui!"

Bowdry se encogió de hombros. "Llámalo lo que quieras. No lo considero un truco. Simplemente no tengo la intención de quedarme aquí si tu objetivo es de quedarse aquí. Nada personal, pero cuando entro en una pelea, no quiero preocuparme por la posibilidad de que una mujer reciba un disparo. Es probable que me dispare preocupándome por ti."

"No me gustaría que eso sucediera," dijo Lucy en un tono tranquilo y muerto. "Pensé que podría ayudarte."

En todo caso, la cara de Bowdry se puso más dura. "La única forma en que puedes ayudarme es largándose de aquí," dijo.

"Está bien," dijo con cansancio. "Si es lo que quieres. Pero creo que sabes que van a quemar esta casa vieja si no encuentran a nadie aquí, para evitar que regreses."

Bowdry se encogió de hombros. "No significa nada para mí. Me imagino que significa más para ellos que para mí. Este sería un buen lugar para esconderse y fortificarse, con suficientes hombres para defenderlo. Supongo que esa es una razón por la que lo quieren. Y ahora saben que normalmente estoy en las rocas de todos modos, así que no serviría de nada quemarlo."

"¿Te vas a quedar si me voy?," preguntó Lucy.

"No voy a estar aquí todo el tiempo," dijo Bowdry. "Estaré montando alrededor de aqui."

"Tengo un bocado para comer listo," dijo Lucy. "Es mejor que comas algo antes de ir a cualquier parte."

"Ojalá pudiera," dijo. "Pero estoy algo apurado en este momento. Si quieres dejar algo para mí, puedo volver más tarde. Pero desearía que no quedaras por aquí mucho más tiempo."

Ella estudió su cara escarpada. "No estás pensando en irte para siempre, ¿o sí?," preguntó ella.

Los labios de Bowdry se torcieron en una leve sonrisa mientras se subía a la silla. Sin decir una palabra más, giró el caballo marrón y se dirigió hacia el este.

Cuando llegó a las altas rocas cerca de la cresta, Bowdry se detuvo y miró hacia atrás. Dio la vuelta al castrado y observó la casa desde un punto en que él no sería visto, a menos que lo hiciera un buitre perezosamente dando vueltas que buscaba carne fresca. "No aquí, bastardo," murmuró Bowdry. "Te dejé un caballo, dos colinas por allá." Luego se olvidó del pájaro cuando Lucy salió de la choza y se dirigió rápidamente hacia el corral. Sin perder tiempo, atrapó y ensilló al ruano y cabalgó sobre la dorsal oeste mientras Bowdry observaba con una leve sonrisa irónica. Había decidido que no quería estar sola cuando aparecieron los Wadley, tal vez guiados por el vengativo Josh. Parecía que ella no estaba tan loca como Bowdry había empezado a pensar.

Dio vuelta al caballo oscuro, cabalgó sobre la cresta y descendió a través de las rocas hasta el valle de abajo. Un viejo sendero discurría a lo largo de este valle estrecho y luego a lo largo del borde del cañón que en realidad era un cañón de caja, que terminaba abruptamente contra la empinada colina rocosa que protegía la choza Pollard en el sur. Bowdry cruzó el sendero cubierto de maleza y subió al caballo por la larga ladera de cedro que había más allá.

Justo delante de él ahora estaba el lugar donde Pink Deeble había sido disparado por el hombre con el Colt con mangos de hueso. Deslizando la escopeta de la vaina, Bowdry pasó por el lugar y se abrió paso entre las rocas y los cedros bajos hasta que llegó a la cima de la colina. Aquí se detuvo y miró hacia el sur.

Tres jinetes venían por el camino desde el 3-Bar a media milla de distancia, e incluso a esa distancia vio que uno de los caballos era el Appaloosa de Josh. Los otros dos parecían ser bahías o acebos, pero todavía estaban demasiado lejos para contar algo sobre los jinetes.

Bowdry se retiró de la colina y ató su caballo fuera de la vista en algunos árboles. Luego, tomando el Greener, se dirigió a pie a un revoltijo de rocas y arbustos cerca del viejo camino de carretas que serpenteaba a lo largo del lado posterior de la ladera. Desde allí no podía ver a los jinetes acercándose, del mismo modo que ellos no podrían verlo, y los escuchó hablar antes de escuchar los caballos que trotaban. Josh tenía una voz bastante ruidosa, muy apropiada para el aire libre, pero no tan adecuada para su propósito actual.

"Ustedes dos van al lado norte y se meten en las rocas con sus rifles. Bajaré a la cabaña y lo llamaré a campo abierto, donde podrás darle una buena oportunidad. No te pierdas, maldita sea, o es probable que se enfade y me dispare."

Gord Wadley también tenía un acento propio, fácilmente distinguible aunque no tan fuerte como el de Larkin. "¿Quieres decir que pretendes llegar allí desde este lado?"

"Sí, como no. Me vio venir por aquí, así que es como esperará que regrese."

"Demonios, si tú vas por allí, él nunca te dejará ir hasta la choza donde podamos darle un disparo," dijo Gord. "Si él está de este lado, te detendrá en las rocas donde ni siquiera podemos verlo."

"Nunca pensé en eso," dijo Josh, y se detuvieron en el camino donde Bowdry podía verlos. La boca de Larkin estaba abierta en una expresión de sorpresa, mostrando sus grandes dientes. "Tendré que seguir con ustedes muchachos y venir desde el oeste de la manera en que usualmente lo hago y bajar hasta el cobertizo antes de que él pueda detenerme. Luego lo llamaré a salir de las rocas donde ustedes dos pueden verlo." El gran ladrón le sonrió a Gord. "No eres tan tonto como pareces, ¿verdad?"

"Diablos, no, no lo soy," respondió Gord con la usualmente sonrisa estúpida en su difusa cara roja. Todavía era bastante joven, tal vez todavía en su adolescencia. Pero era tan viejo como lo sería, la forma en que él iría ahora.

Larkin y Gord trotaron a lo largo del camino, y el tercer hombre los siguió: era el que tenía el pelo claro y los ojos verdes brillantes,

Clete Anson. Tenía un viejo rifle giratorio Colt en una mano, y Gord tenía un Henry un poco más nuevo.

Bowdry esperó hasta que desaparecieron de su vista y de su sonido, esperó unos minutos más para asegurarse, luego corrió hacia su caballo. Tiró de las riendas y saltó a la silla, bajando por la ladera del cedro al galope. Se sumergió en el estrecho valle, trepó por la ladera más allá, y dejó el caballo en el recinto de paredes de roca que utilizó para un corral. Luego corrió a lo largo de la cresta rocosa hasta que se dobló hacia el oeste. En realidad, esta misma cresta describió un bucle, que encierra el cuenco y la casa por tres lados, pero para fines de defensa siempre lo consideró como tres crestas separadas, al este, norte y oeste, en ese orden. Se detuvo en las rocas de la colina norte y los vio llegar a lo largo de un arroyo, todavía a cierta distancia. Se separaron, Josh dejó el arroyo en su Appaloosa incansable y se inclinó hacia el oeste, tomándo su tiempo para darles suficiente tiempo. En cuanto a Bowdry, tuvo tiempo de recuperar el aliento y ponerse en una posición cerca de la cabecera del arroyo.

Se paró el Greener contra una roca y comprobó sus pistolas, manteniendo una en su mano, dejando el Greener donde estaba porque no creía que lo necesitaría. Hoy no. No para Gord y Clete.

Ellos habían dejarodo sus caballos abajo y arrastraron sus rifles por la ladera empinada, con el gordo Gord jadeando a la cabeza, más rojo de lo normal, pero mostrando una sonrisa alegre. Tal vez ya estaba pensando en lo que le diría a los demás cuando volviera al 3-Bar con el cuero cabelludo de Bowdry como recuerdo. Clete Anson apareció en la retaguardia, silencioso y siniestro, una mirada salvaje en sus ojos verdes mientras estudiaba las rocas. Los dos eran tan diferentes entre sí como dos hombres, pero aquí estaban, con el mismo propósito mortal en la mente.

Bowdry se agazapó detrás de un cepillo con un revólver amartillado en la mano y los vio pasar justo a su lado, tan cerca que podía oler su olor rancio y sin lavar y escuchar su respiración pesada. Podrían haberlo visto, pero no esperaban que él estuviera allí. Se detuvieron entre dos afloramientos de roca desnuda cerca del pico, con un afloramiento más bajo ante ellos, y Gord dijo: "Este es un buen lugar. Y llega ese tipo Josh," agregó con una sonrisa torcida.

Bowdry salió detrás de ellos con el Nuevo Modelo nivelado, el Ruso todavía enfundado. "Alto!," dijo. "Ni siquiera respires hasta que te lo diga."

Gord gruñó sorprendido. Clete se puso en cuclillas tenso, agarrando el viejo rifle giratorio Colt con ambas manos, listo para darle la vuelta.

"Ni lo pienses," le aconsejó Bowdry. "Aún el famoso Hickok no fue tan experto."

"Sí, pero Hickok no sabía que no había nadie detrás de él," dijo Gord. Era del tipo que buscaba algo para sonreír en cualquier ocasión, aparentemente sin creer que alguien derribara a un joven alegre como él, justo cuando estaba alcanzando su pleno crecimiento. Ni siquiera la víctima prevista como Bowdry haría eso.

"Cállate," le dijo Bowdry.

Allá abajo, Josh apareció a la vista de este lado de la choza y detuvo el Appaloosa al descubierto, mirando hacia las rocas del este. "¡Oye, Bowdry!," llamó. "¡Baja! ¡Quiero hablar contigo un momento!"

Gord y Clete se movieron incómodos, sin duda queriendo advertirlo, pero silenciados por el arma de Bowdry a sus espaldas.

"Veamos qué pueden hacer ustedes muchachos con esos rifles," les dijo Bowdry.

Lo miraron sorprendidos, no seguros de haber escuchado bien.

"Solo fingir que soy yo allá abajo y quieres divertirse un poco," dijo Bowdry. "No quiero que lo mates, no tanto divertido como asi. Solo quiero que lo asustes hasta la muerte."

Los pálidos ojos verdes de Clete brillaron con odio, pero una sonrisa repentina se extendió por la cara roja de Gord mientras volvía su mirada hacia Josh, que estaba al lado de la choza.

"¡Oye, Bowdry!" Larkin volvió a llamar.

Gord y Clete comenzaron a disparar. A través del humo blanco de sus rifles, Bowdry vio que las balas levantaban polvo alrededor de los pies del Appaloosa nervioso. Josh lanzó una mirada de asombro a las rocas, boquiabierto de incredulidad.

"¡Oye!," lloró. "¡Que demonios!"

Gord soltó una risita, posó su mejilla sobre el Henry y puso una bala tan cerca de Larkin que debió haber oído el zumbido enojado.

"¡Hijos de puta!" gritó Larkin, sacudiendo su puño contra las rocas. Entonces, temeroso de haberse delatado, miró alarmado hacia la dorsal este donde habitualmente estaba Bowdry. "¡No me dispares, Bowdry! ¡Los Wadleys están atacando!" Mientras hablaba, frenó al Appaloosa, desapareció brevemente detrás de la choza y luego galopaba hacia la dorsal oeste, inclinándose sobre el cuello del caballo.

Clete bajó su rifle vacío, pero Gord siguió disparando hasta que el caballo y el jinete desaparecieron de la vista más allá de la cresta. Luego bajó el Henry y miró a su alrededor con una sonrisa, como si él y Bowdry hubieran sido amigos todo el tiempo e incluso hubieran planeado esto juntos. Bowdry, sin embargo, tenía una memoria más larga.

"Bájelos suavemente, muchachos, luego quítense las pistoleras."

Obedecieron en silencio, Gord seguía sonriendo, y Clete aún buscaba la oportunidad de atrapar a Bowdry cuando no lo miraba.

Bowdry los miraba con una ausencia de afecto que rayaba en la aversión activa. "Supongo que ustedes muchachos estaban cazando conejos y se perdieron," dijo.

"Sí, eso es lo que estábamos haciendo," dijo Gord, e incluso Clete lo miró con desprecio por su simplicidad.

"Como el infierno," dijo Bowdry. "Usteds querían dispararme cuando bajé de esas rocas."

Gord parecía inquieto por primera vez, incluso un poco avergonzado. "Bueno, mataste a mi hermano," dijo. "Y todos los demás."

"Los maté porque vinieron a buscarme aqui," dijo Bowdry. "Pero la verdad es que de alguna manera he perdido el interés en ustedes, muchachos, por el momento. El único en el que estoy interesado es el que mató al anciano, y he decidido que no era qualquier de ustedes."

"Sé muy bien que no fue así," dijo Gord.

Bowdry asintió. "Es por eso que te estoy dejando ir. Pero esta es la última vez que seré tan generoso. Díle a ese hermano gordo tuyo que solo quiero averiguar quién mató al anciano y no tengo tiempo para ustedes, muchachos. Si será inteligente, dejará que esto disminuya mientras tenga una oportunidad de sobrevivir."

"Pero realmente no me importa de una forma u otra. Es mi opinión honesta que todos ustedes necesitan ser matados. Pero las personas que se beneficiarían más con su muerte—del tipo que no pueden defenderse—son solo los que sentirían pena por ustedes bastardos si consiguieran lo que se merecen. En vez de darme las gracias, probablemente se pondrían nerviosos y vendrían tras mí con una cuerda. Pensarían que a ustedes pobres muchachos descarriados se les debería haber dado otra oportunidad." Bowdry frunció los fríos ojos azules. "Otra oportunidad de seguir haciendo lo que siempre has hecho, que fue lo que creías que podías hacer. Bueno, ellos son los que van a tener que aguantarles después de que me haya ido. Así que preferiría que ellos lo hicieran a su manera, a menos que ustedes, hijos de puta y locos, me obliguen a matarles."

"Puede ser que nos mates a algunos de nosotros," dijo Gord, que aún no se había convertido. "Pero no nos matarás a todos."

"Está empezando a parecer que no tendré que hacerlo," dijo Bowdry. "No sé quién es, pero parece que alguien más de mí no les gusta mucho. Esa es una razón por la que les dejo ir, para que sepas que tuve la oportunidad de matarles y no lo hice. Si tienen cerebro, eso debería decirles algo."

"¿Qué?" preguntó Gord.

"Debería decirles que no soy el hombre por el que deberías estar preocupado. Hasta ahora no he disparado a nadie que no haya venido pidiendolo. Pero si ustedes siguen buscando problemas, los van a encontrar. Ahora vayanse antes de que cambie de opinión. Guardaré sus armas para que no tengan ninguna idea sobre cómo escabullirles de inmediato."

Gord se encogió de hombros. "Los rifles no eran nuestros, de todos modos. Simplemente los tomamos prestados de algunos de los otros."

"Entonces no creo que vayan a perder mucho, ¿verdad?," dijo Bowdry.

"Solo las viejas pistolas."

"Un precio bastante bajo para pagar por sus vidas, ¿es cierto?"

Josh los estaba esperando en el camino de 3-Bar, con una gran pistola en la mano y muerto en sus brillantes ojos azules.

"La última vez que te vimos, estabas metiéndote en alto hacia el LR," dijo Gord, sonriendo ante el recuerdo. "Ese Appaloosa es un caballo rápido."

"Aquí también hay una pistola rápida," le dijo Josh. "¿Cómo ustedes bastardos les guataría una demostración?"

"Bowdry guardó nuestras armas," dijo Gord incómodo. "Estaba esperando allí arriba como si supiera que vendríamos. Supongo que debería habernos visto. Nos hizo hacer a esos tiros allá atrás. No fue nuestra propia idea."

"No, no creo que lo haya sido," dijo Josh. "Ustedes dos nunca tuvieron una idea entre ustedes, a menos que alguien más lo pensara primero. Debería saber que Bowdry sería demasiado listo para ustedes y llegaría primero."

"Demonios, parece que era demasiado inteligente para todos nosotros," dijo Gord.

"Creo que lo fue, esta vez," admitió Josh. "Nos hicieron ver como tontos malditos. Pero nosotros, como el infierno, no hemos terminado con él. Ni por una posibilidad remota."

CAPÍTULO 12

Gord Wadley y Clete Anson no habían traído municiones extras para los rifles prestados, aparentemente pensando que no los necesitarían—como, de hecho, fue la verdad—y Bowdry no tenía pólvora y plomo para el rifle giratorio Colt. Así que rompió la vieja arma en una roca, a pesar de su resistencia fuerte. Conservó el Henry, porque los dos mexicanos muertos llevaban revólveres Colt de cañón largo que usaban el cartucho Henry de .44, con tres cinturones de cartuchos cada uno. Las pistolas confiscadas se escondieron en las rocas cercanas, donde podrían necesitarlas algún día, pero decidió llevar consigo el Henry, además de los revólveres de Smith & Wesson y el Greener.

Porque tenía pocas esperanzas de que los Wadley dejarían de intentar matarlo. Podrían volver a perseguirlo en cualquier momento, y todos podrían ir a la vez, con Josh Larkin incitándoles. De una locura celosa, Larkin había ido a su lado, y Bowdry no tenía amigos, nadie para ayudarlo.

Luego pensó en el hombre que había matado a Whitey y tal vez a otros.

Miles Hinton desmontó frente a la tienda general, ató su caballo y entró. "Caja de .44s," le dijo al hombre de pelo gris detrás del mostrador.

"Ayúdete," le dijo Ollie Rice. "Ya sabes dónde están, allí en el estante."

Cuando Hinton se volvió hacia el estante, Rice dijo: "Ah, por cierto, recibiste una carta."

Hinton miró a su alrededor con sorpresa. "¿Una carta?"

"Sí. Volveré aquí y lo conseguiré. Espérate un minuto. Sigas y obténgas los cartuchos."

El tendero se dirigió a la oficina de correos en una pequeña habitación en la parte posterior, y Hinton tomó una caja de .44 cartuchos de fuego central Colt del estante. Observó varias cajas de cartuchos de escopeta y las estudió con interés. Mirando hacia atrás, vio que Ollie Rice todavía estaba fuera de la vista en la oficina de correos del cubículo. Hinton tomó una caja de perdigones de calibre 12 y la deslizó dentro de su abrigo, debajo de su brazo izquierdo donde no se podía ver, donde sería menos notable y donde podría agarrar la caja con su brazo.

Cuando se apartó de la pared de estantes, Ollie Rice salió de la pequeña oficina de correos y dijo: "Aquí estamos." Parecía estar mirando a Hinton extrañamente mientras bajaba por el pasillo entre estantes de productos secos y le alcanzaba el sobre. Hinton pagó por los cartuchos Colt y Ollie Rice lo vio irse. Luego, el tendero se acercó a los estantes donde estaban los cartuchos y se quedó frunciendo el ceño ante el lugar vacío donde había estado la caja de perdigones de calibre 12, luego se volvió para mirar por la ventana. Pero Hinton ya se había ido.

"Bueno, bueno," dijo el tendero en voz alta. "¿Qué quería con una caja de cartuchos de escopeta perdigones?"

Hinton se detuvo en las afueras de la ciudad, transfirió las balas de escopeta a su alforja y estudió el sobre. No hubo dirección de devolución. Abrió el sobre y sacó una hoja de papel blanco, la desdobló y leyó la letra grande y cuidadosa.

"Estimado Sr. Hinton

"Espero que esto te llegue a tiempo. Dijiste que esperarías hasta que pareciera el momento adecuado para actuar, así que espero que esta carta te llegue antes de que comiences a hacer el trabajo que te contraté para que hicieras. No sé lo que me ha poseído para contratar a un

pistolero profesional, porque si hicieras lo que te pedí, nunca podría volver allí para vivir de ninguna manera. Siempre debería temer que la ley descubriera que estaba detrás de todo el asesinato. Así que, por favor, ignoren todo lo que dije y, por el amor de Dios, no maten a nadie. Puede mantener el dinero que ya le pagué por su problema. Poner esta carta al fuego tan pronto como la lea, ya que me preocuparía si no lo hiciera, aunque no lo firmaré. Sabes quién soy de toda manera."

Hubo una expresión de disgusto en el rostro normalmente inexpresivo de Hinton mientras miraba de nuevo lo que había leído. Todos son iguales, pensó. No tenían los cojones para hacer su propia matanza, entonces contratan a alguien y luego se repienten a eso. Bueno, Sr. Harris Thacker, tal vez debería haberlo dicho, cuando me contrato para hacer un trabajo, siempre lo termino, y luego iré después en busco del resto de mi sueldo.

Hinton hizo una cosa que Thacker le había pedido: se tomó el tiempo para quemar la carta antes de continuar. No porque pudiera meter a Thacker en problemas, sino porque podría meterlo a él, Hinton, en problemas, si alguna vez se descubría en su posesión o entre sus cosas. Por lo menos, le costaría mucho explicarlo, así que lo destruyó con un fósforo de azufre.

Cabalgó hasta las colinas, manteniéndose lo suficientemente cerca de la carretera de 3-Bar para divisar a los jinetes, pero no lo suficientemente cerca como para ser divisado excepto por ojos muy agudos o pura casualidad.

El sol ya había caído y había un escalofrío en el aire cuando se volvió hacia la choza de Pollard y caminó a su caballo a través de las rocas y los cedros, teniendo cuidado de dejar la menor cantidad de huellas posible en el duro suelo. Sus ojos se movían constantemente mientras cabalgaba, buscando cada cubierta, pero no estaba a más de seis metros de Bowdry cuando lo vio por primera vez.

El pistolero estaba parado junto a un cedro a la derecha de Hinton, mezclándose con la sombra oscura del árbol. Se volvió hacia los lados, haciendo el menor objetivo posible, y los dos cañones gemelos del Greener descansaban en el hueco de su brazo izquierdo, apuntando hacia Hinton como por accidente. Su pulgar derecho descansaba ligeramente sobre el martillo derecho, también como por accidente. Era la forma en que los cazadores a menudo llevaban sus armas, acunados cómodamente en sus brazos pero listos para el uso instantáneo.

La cara de Bowdry era como piedra. Sus ojos estaban casi negros a la luz que se desvanecía. Estudió a Hinton en silencio por un tiempo, el último se detuvo a la vista de él. Entonces Bowdry preguntó: "¿Cuál es tu juego, amigo?"

Hinton negó con la cabeza, mirando cuidadosamente al pistolero a través de sus vidriosos ojos grises. "No soy tu amigo y no sé de lo que estás hablando."

"Nunca pensé que eras mi amigo," dijo Bowdry, "pero sé muy bien que sabes de lo que estoy hablando."

"No tengo idea," dijo Hinton. "Tendrás que decirme."

"Tenía la sensación de no haber visto el último de ti en el hotel," dijo Bowdry. "No después de que te tomaste el trabajo de revisar mis cosas sin tomar nada."

"Nunca pasé por tus cosas. Alguien más podría haberlo hecho, pero no fui yo."

"Fuiste tu, por cierto," dijo Bowdry. "También fuiste tú quien disparó a ese tipo de pelo blanco y dos o tres más."

"Esa es una carga bastante fuerte," dijo Hinton.

"Lo sé," acordó Bowdry. "No me malinterpretes. No me importa cuántos de ese grupo disparas. Me imagino que todos necesitan ser matados. Pero estás haciendo que parezca que soy yo quien está haciendo todo. Eso es lo que no me gusta. Si alguna vez me disparan o me cuelgan, será por algo que hice yo, no por algo que tu hiciste."

Hinton miró a la escopeta, preguntándose si podría disparar antes de que Bowdry pudiera apretar. Decidió que era improbable, y en cualquier caso necesitaba a Bowdry un poco más, necesitaba que él tomara la culpa. Los asesinos que se convirtieron en asesinos conocidos no duraron mucho tiempo—si la ley no los conseguía, alguien más lo hiría—y Hinton tenía la intención de durar lo suficiente como para retirarse con plata considerable.

Y en cuanto a los hombres que Bowdry mató—bueno, Hinton tenía la intención de recoger dinero para ellos también.

No, no quería que Bowdry muriera todavía por un tiempo. Él era demasiado valioso vivo.

"Debes tenerme equivicoado con alguien más," dijo Hinton. "Salgo de esta manera bastante a menudo, pero no le disparé a nadie."

"No hay mucha duda en mi mente sobre los que mencioné," dijo Bowdry. "Me pregunto si también mataste al viejo, para que los Wadley serían culpados por eso. O tal vez incluso pensaste que sería culpado yo por eso. Me imagino que muchas personas pensarán que fui yo."

"Tienes bastante grande imaginación," dijo Hinton. "Es mejor que veas que no te causa más problemas, más de los que ya estás metiso. Me parece que ya tienes suficientes enemigos sin salir de tu camino para ganar más."

"Alguien lo mató," insistió Bowdry.

"No tengo ningún argumento contigo, pero no fui yo." Hinton levantó las riendas. "Voy a seguir adelante ahora. Si quieres detenerme, tendrás que dispararme por la espalda. Pero no creo que seas del tipo."

"Es mejor que tengas en cuenta lo que te dije, amigo," dijo Bowdry. "No quiero que los bastardos vengan detrás de mí otra vez por algo que hiciste tu."

"Y ya te dije que no eres mi amigo," respondió Hinton y puso el alazán en movimiento, dirigiéndose directamente hacia el 3-Bar para mostrarle a Bowdry que haría lo que quisiera. Y mientras cabalgaba hacia el sur en el crepúsculo cada vez más profundo, Hinton estaba más decidido que nunca a que se culpara a Bowdry por lo que sucediera y sufriría las consecuencias solo. Nadie le dijo a Miles Hinton lo que podía hacer y lo que no.

Antes de la salida de la luna ató su caballo en la colina de cedro con su vista hacia el grupo de 3-Bar, sacó la escopeta de su manta y la cargó con perdigones, deslizando varias más conchas en los bolsillos de su abrigo. Luego se puso en cuclillas sobre sus talones y estudió el montón de edificios en el valle abajo durante algún tiempo. Las luces brillaban tanto en la casa principal como en el barracón y de vez en cuando una figura sombría cruzaba entre las dos. Varias veces escuchó voces levantadas en discusión.

Levantándose, caminó cautelosamente por la ladera.

En la casa principal, Rufe Wadley estaba mirando, con cara roja y enojado, a Josh Larkin. "Ya no estoy muy interesado en nuevas ideas brillantes. Es una maravilla que Bowdry no haya matado a Gord y

Clete por culpa tuya. Solo me estoy preguntando por qué no lo hizo. Me gustaría pensar en eso un rato antes de hacer cualquier otra cosa."

"Él solo estaba jugando juegos, eso era todo," insistió Larkin. "Tratando de hacernos parecer tontos.

"No fue tan difícil de hacer," dijo Rufe, encendiendo un cigarro de una caja que Harris Thacker había dejado atrás. Solo quedaban unos pocos en la caja y Rufe no le ofreció uno a Larkin. Gord estaba repantigado en una esquina de la habitación, sonriendo estúpidamente, pero lo suficientemente inteligente como para no pedir un cigarro él mismo.

"Te digo que lo que tengo en mente funcionará esta vez," dijo Josh casi suplicante, con una expresión casi desesperada en sus ojos. De alguna manera solo tenía que alejar a Lucy del lugar de Pollard antes de que sucediera algo entre ella y Bowdry. No había visto ninguna señal de su pinto, pero supuso que el pinto estaba donde Bowdry guardaba sus caballos y que Lucy estaba escondida en algún lugar de las rocas, tal vez viendo cuando Bowdry había hecho que Gord y Clete lo asustasen con balas violentas. Josh podía imaginarse que ella se estaba riendo de él y apretó los dientes con rabia amarga ante la idea. Él la mostraría. Él la mostraría a ella y a Bowdry también.

"No hará daño escucharlo," dijo Gord, sonriendo.

"Ya lo escuché una vez," dijo Rufe, sacudiendo el fósforo," y casi te mató."

"Lo que tengo en mente esta vez es tan simple que es cierto a trabajar," insistió Larkin. Rufe estaba fumando furiosamente su cigarro y frunciéndole el ceño a través del humo, pero Josh no se detuvo. Continuó obstinadamente, el resto de su cara parecía esconderse detrás de sus grandes dientes blancos. "Bowdry es solo un hombre. No puede estar en todos lados al mismo tiempo y no puede ver a todos lados al mismo tiempo, especialmente de noche. Tal vez no podamos encontrarlo en la oscuridad, como dijiste. Pero algunos de los muchachos más jóvenes podían colarse a través de las rocas hasta esa choza vieja y esperar allí hasta que fuera de día. Entonces, la primera vez que Bowdry desciende de las rocas, pueden dispararlo. Y tarde o temprano tendrá que bajar a ese pozo de agua y beber un poco de agua."

"¿Cómo sabes que no estará esperando en esa choza para ellos?," preguntó Rufe. "Por lo que sabemos, puede estar durmiendo allí."

Larkin negó con la cabeza. "Te digo que se queda en las rocas.

Cada tiempo que he estado allí, ahí estaba él."

Rufe fumó su cigarro pensativamente. "Podría ser que sirva," dijo después de un tiempo. "Me gustaría mucho tomar posesión de esa vieja choza. Y ese pozo de agua aún más. Pero estoy empezando a preguntarme si vale la pena el problema y el precio en sangre que Bowdry pretende hacernos pagar. Si él está dispuesto a dejar que se detenga aquí, como él dice, eso probablemente sería lo más inteligente. Por mucho que me gustaría verlo pagar por todo lo que ha hecho."

En ese momento, la ventana pareció estallar y cristales volando y perdigones llenaron la habitación. Josh y Gord se tiraron al suelo y Rufe cayó hacia atrás en su silla, casi tragándose el cigarro y soltando un ronco grito de rabia. "¡Hijo de puta! ¡Agarrenle, bastardos! ¡No dejes que se vaya!"

Los tres en la habitación pequeña se quedaron abajo, pero los hombres comenzaron a salir del barracón, para ser recibidos en la puerta por otra explosión de la escopeta. Cayeron dentro y se amontonaron en el suelo, varios de ellos picados por los perdigones y todos muy asustados. Alguien cerró la puerta, alguien más disparó la luz, casi iniciando un incendio. Para cuando la voz de Rufe restalló el orden, el hombre con la escopeta se había ido y nadie sabía hacia dónde se dirigía.

"¡Hijo de puta!" rugió Rufe, tocando su mejilla donde el vidrio o el perdigón habían extraído sangre. "¡Bueno, Larkin! Veremos si este nuevo plan tuyo es mejor que el anterior, ¡y maldita sea mejor que sea así!"

CAPÍTULO 13

No se sabe cuándo Bowdry durmió. Debe haber dormido alguna vez. O lo que comió, porque no tuvo la oportunidad de cocinar mucho. Pero esa noche, en las rocas, debió de pensar en la comida que Lucy Reardon había dejado en la choza. Porque había comenzado hacia la choza cuando vio tres figuras oscuras que se acercaban desde la cresta norte.

Los tres estaban casi a la cabaña cuando los vio, y había acabado de salir de las rocas cerca del pozo de agua. Les lanzó varias balas con el Henry mientras retrocedía hacia las rocas, pero los tres treparon a la vieja choza y volvieron a disparar a través de la ventana cuyo cristal había sido derribado hacía mucho tiempo. Utilizaron sus pistolas, porque Bowdry había cogido los dos únicos rifles de todo el conjunto.

Los tres hombres en la cabaña eran Gord Wadley, su primo Zeb y un hombre nuevo, Barney Corvin. Otro hombre había venido con ellos para recuperar los caballos. Así fue como Gord, Zeb y Barney se encontraron varados, atrapados en la vieja choza. Habían traído comida y agua para durar varios días, pero en su excitación la dejaron volver con los caballos. Habían planeado dispararle a Bowdry cuando bajaba al pozo de agua, pero sin que ellos supieran que tenía suficiente agua en el tanque natural que él había llenado en las rocas, y eran ellos quienes ahora tenían que encontrar la manera de alcanzar el pozo de agua antes de morir de sed.

Al amanecer, encontraron la comida que Lucy había dejado y la devoraron como lobos hambrientos, riendo al pensar que se la había dejado a Bowdry. Pero no había agua en la choza, y a medida que avanzaba la mañana y aumentaba su sed, se pararon en la ventana y miraron el pozo de agua, solo para ser rechazados por uno o dos disparos desde el Henry. Vieron la nubita de humo en las rocas, pero no vieron a Bowdry.

Para el gran disgusto de los otros dos, Gord siguió sonriendo ante la situación.

Barney Corvin era un hombre alto y desgarbado, con la cara marcada de viruela y unas espesas cejas negras. Observó a Gord con el entrecejo fruncido y finalmente gruñó:" ¿A qué demonios te estás sonriendo? ¿Estás loco o algo así?"

"Es mejor reír que llorar," dijo Gord, caminando por la choza como si buscara una salida.

Zeb era ... bueno, un Wadley, pero más alto que Gord y no tan gordo. "Tú eres el que nos metió en este lío," le dijo a su primo. "Fue idea tuya. Tu y Rufe."

"Diablos no, no fue ninguno," dijo Gord. "Fue idea de Josh. Él lo pensó todo por sí mismo."

"Entonces voy a tratar cortarle la garganta la próxima vez que lo vea," dijo Zeb. "Ahora ha regresado al LR donde esa pelirroja lo está esperando, y estamos atrapados aquí sin agua ni grub, para no decir nada de una mujer."

"Diablos, ella todavía puede estar allí en las rocas con Bowdry," dijo Gord. "Josh dijo que ella estará donde probablemente él estaría."

"Está loco," dijo Zeb. "Si Bowdry la tuviera como mujer, habrían estado allí en esa cama, y ahora nos estaríamos tomando turnos con ella nosotros mismos."

Gord, que tenía un poco de mente sucia por si mismo, se rió de eso.

"Eso ya basta," dijo Barney con una mueca asesina. "Ustedes dos pueden reír y contar chistes mientras todos morimos de hambre y morimos de sed."

"No sabes nada todavia," le dijo Gord alegremente. "Esperas unos días."

"Demonios, parece que tendré que esperar," gruñó Corvin. "Si pongamos nosotros mismos fuera de esa puerta, nos dispará de inmediato, incluso de noche."

Al final fue Gord quien se paró en la ventana, agitó su sombrero y gritó," ¡Oye, Bowdry! No dispares! Soy yo, Gord Wadley! ¿Qué tal si dejásemos sacar un poco de agua? ¡Entonces nos iremos!"

La respuesta fue una risa burlona de las rocas y una bala que astilló su rostro. Gord saltó hacia atrás con un gruñido, tropezó y se sentó con fuerza. Se sentó allí con una mirada aturdida, sacando astillas de su mejilla borrosa. No fue tanto el disparo lo que lo sorprendió, él medio había esperado eso. Fue la risa burlona. No había pensado en Bowdry como un hombre con sentido del humor.

Gord se dio cuenta de que los otros dos lo miraban con ceños fruncidos. Estaba claro que lo culpaban por su fracaso, a pesar de que ambos habían dicho de antemano que no funcionaría, Bowdry siendo el tipo de hombre que era. Gord se puso de pie torpemente y se sacudió el polvo de los pantalones, diciendo con una sonrisa tímida: "Supongo que no pretende dejarnos tomar agua ni dejarnos ir tampoco. Probablemente está enojado porque volví por aquí."

Barney rechinó los dientes y se alejó. Zeb, el primo de Gord, un alegre compañero en tiempos pasados, lo miraba con odio.

Y este fue solo el primer día en la choza, un día aún no terminado.

Josh Larkin había pasado la noche en el 3-Bar, esperando noticias de que Bowdry estaba muerto. Pero llegó la mañana y no hubo noticias. Todavía ninguno al mediodía. Los tres hombres no habían regresado de la vieja cabaña Pollard.

Larkin, aunque se preocupó de que algo hubiera salido mal, trató de tranquilizar a su anfitrión no tan amable. "Bowdry probablemente no se bajó por falta de agua," dijo arrastrando las palabras. "Supongo que tenía su cantimplora llena. Pero aún una cantina llena no le durará a él ni a los dos caballos mucho tiempo."

Justo en ese momento entró un joven de barba roja, con los ojos mudos y nublados por el terror. Era bajo y bastante regordete y se parecía vagamente al resto del clan Wadley. Él era Cob Jensen, un primo.

"¿Qué tienes en mente, Cob?" preguntó Rufe, sus dedos gruesos tamborileando impacientemente en el escritorio detrás del cual estaba sentado como un toro con una cara humana roja.

"No te dije anoche, Rufe," Cob dijo con voz temblorosa. "Sabía que te volverías loco. Así que esperé, esperando que ya hubieran regresado y que no importaría. Pero viendo como ellos no regresaron, pensé que sería mejor que te lo dijera."

"¿Decirme qué?" rugió Rufe, con una mueca amenazante.

Cob se estremeció, pasó una mano sobre sus ojos asustados, luego tomó una respiración profunda y continuó. "Bueno, ni siquiera lo supe hasta que volví y comencé a desensillar los caballos, pero esos muchachos se olvidaron del agua y de ese saco de comida."

Rufe miró por un momento con una expresión de desconcierto en su cara roja, como si supiera que esto era de alguna manera malo pero no adivinaba su naturaleza exacta. Normalmente no le molestaría que sus hombres, incluso su propio hermano, se quedaran sin comida ni agua. Siempre podrían regresar al rancho si ... entonces lo asustó. Esta vez, tal vez no podrían regresar. Estaban atrapados en la choza de Pollard sin caballos, sin comida ni agua.

Su frente pareció alejarse de sus enojados ojos rojos mientras se inclinaba sobre el escritorio. "¡Díme eso otra vez!," rugió, y luego no esperó a que Cob se repitiera. Volvió su fulminante mirada hacia Josh, quien instintivamente retrocedió un paso, sintiendo detrás de él hacia la puerta. "¿Te das cuenta de lo que esto significa? ¡Los muchachos están allí sin comida ni agua!"

"No," dijo Josh Larkin con una confianza que no sentía. "Hay mucha comida y agua en esa vieja choza. El viejo Pollard siempre mantuvo la cubeta lleno y mucha comida a la mano."

"¡El viejo Pollard ha estado muerto durante casi una semana!" Rufe resopló. "¡Probablemente Bowdry ya ha conseguido la mayor parte de la comida y ha subido al resto en las rocas con él! ¡La cubeta de agua también!"

"No es cierto," dijo Josh.

"¿No?" Rufe explotó, poniéndose de pie y señalando con un dedo regordete a Larkin. "¡Tú y tús ideas brillantes, nos matarán a todos!"

Larkin retrocedió hacia la puerta, chocando con Cob, quien también estaba a punto de salir. "Bueno, creo que iré a casa hasta que te refresques," dijo Josh.

"¡Haz eso!," le dijo Rufe. "¡Y no vuelvas aquí con sus planes mal-pensados!"

En el camino de regreso a LR, Larkin mantuvo esperando que Lucy hubiera regresado. Pero cuando vio en el corral al caballo ruano fresa del viejo Pollard, no se le ocurrió que Lucy podría haber montado el caballo y regresado a casa, porque él no sabía nada del destino de su pinto, había olvidado todo sobre la caída que el animal había tomado cerca del pozo de Pollard. Supuso que Bowdry había venido a arreglar cuentas con él por tratar de matar al pistolero. Bowdry era lo suficientemente inteligente como para saber que había tenido algo que ver en ese negocio ayer. Al menos eso era lo que Larkin temía.

Se detuvo bien fuera del alcance de una pistola. Entonces, recordando que Bowdry ahora tenía un rifle, de repente giró sobre el Appaloosa y galopó hacia atrás otros cien metros, se volvió y se sentó a mirar la pequeña casa sin pintar. Era un lugar lúgubre y sombrío entre dos colinas grises y estériles. No es de extrañar que a Lucy no le gustaba allí y hablaba todo el tiempo sobre irse.

"¡Bowdry!," llamó. "¡No es como piensas! ¡Nunca he tenido nada que ver en eso!"

Lucy abrió la puerta y gritó con enojo: "¡Bowdry no está aquí! ¡Deja de hacertr ver el ridículo!"

Josh Larkin siguió avanzando cautelosamente, se detuvo frente a la puerta y se sentó en la silla observando la enojada cara roja de Lucy. "¿Dónde está el pinto?," preguntó.

"¡Muerta!," dijo Lucy, amargamente, con los ojos repentinamente nublados y húmedos. "Se rompió una pierna en esa caída. Es una maravilla que no me haya roto el cuello."

Larkin giró su caballo hacia el cercano corral de postes, bajó y comenzó a desensillarse. "Ahora no vayas a culparme, Lucy," dijo. "Nunca deberías haber ido corriendo por allí de esa manera."

"Lo volveré a hacer cuando tenga la idea," le dijo ella, parada en la puerta con los puños apretados en sus caderas.

Él la miró, su cara roja y temblorosa de ira. Pero no dijo nada hasta que pudo confiar en su voz. Luego, frotando el Appaloosa con un puñado de hierba muerta, dijo: "Me sorprende que hayas regresado."

"No lo hubiera hecho," dijo ella, "pero Bowdry temía que me lastimara."

Larkin aplastó la hierba en su mano y la miró. "¿Sabes lo que eres?," preguntó.

"Debería," dijo ella. "Me has dicho suficientes veces."

"No eres nada más que una pequeña puta," dijo él.

"Bueno, ¿no es esa la razón por la que andas por aquí?," replicó ella.

Larkin volvió el Appaloosa al corral, volvió a colocar los barrotes y luego se quedó mirando al otro caballo. "¿Por qué no sueltas a ese ruano y lo dejas volver a casa?," preguntó.

"Creo que lo retendré," dijo, "si Bowdry no dice nada. Creo que el señor Pollard hubiera querido que lo tuviera."

"Sí, creo que lo haría," dijo Josh maliciosamente. "Después de haber estado tanto por ahí, y hacerle todos los pasteles y tortas y tal cosas. Ese viejo comió mejor que yo." Él la miró con dureza mientras se dirigía hacia la puerta. "No sé todo lo demás que el hizo."

"Y nunca lo sabrás," dijo Lucy, alejándose de la puerta cuando él entró. "Pasarás el resto de tu vida preguntándote sobre eso, pero nunca lo sabrás, ¡eso es cierto!"

"¡No, no lo haré!" dijo Larkin, poniéndose de rodillas para mirar debajo de la cama. "¡Porque no puedo creer una palabra de lo que dices!"

"¿Qué demonios estás buscando?," preguntó Lucy. "¿Crees que tengo un hombre debajo de la cama? ¿Bowdry tal vez?"

"Estoy buscando mi rifle," dijo. "Lo escondiste aquí en alguna parte."

"Ya te dije una docena de veces que no sé nada sobre tu viejo rifle. Probablemente lo dejaste en algún lado y te olvidaste de él."

"¡No me das eso! Lo escondiste porque temías que me parara en las rocas y le dispare a ese anciano cuando salía de casa. No lo dejaría atrás," dijo.

"No lo dejaria pasar por ti. ¿Qué quieres con eso ahora? ¿Intentas conseguir Bowdry tú mismo?

Josh la miró con un destello loco de celos y odio en sus ojos. "Tal vez no pueda evitar que visitas allá," dijo. "Pero pronto no habrá nadie allí para visitar. Entonces pretendo ir allí una noche y quemar esa vieja casucha hasta el suelo, para que nadie más se mueva allí."

CAPÍTULO 14

Bowdry no sabía cuánto tiempo le quedaba. De vivir. Para disfrutar de las pequeñas cosas de la vida e incluso, tal vez, soñar de cosas que nunca podrían ser. Cosas que otras personas daban por sentado pero que nunca podrían ser parte de la vida de un pistolero.

Se había vuelto frío, con un fuerte viento del noroeste que recogía el polvo y lo arrastraba por las colinas rocosas, oscureciendo los puntos de referencia distantes en una neblina gris. Hacia el este, los achaparrados cedros se retorcían y bailaban en el viento, haciendo difícil detectar cualquier otro movimiento. En el cuenco debajo de él, la vieja choza crujía constantemente, haciendo que se preguntara si los tres hombres estaban abriendo la puerta para hacer un escape. Tenía un nudo en el cuello al girar la cabeza, tratando de mirar en todas direcciones al mismo tiempo, y tenía los ojos enrojecidos por el polvo y la falta de sueño.

Estaba acostado en posición tumbada detrás de una roca baja en lo alto de la cordillera oriental, de cara a la choza, el viejo Henry listo para usar al instante, la escopeta al alcance de la mano, las pistolas Smith & Wesson donde solían estar, pero escondidas por el largo abrigo negro que se había puesto por el viento frío.

Esta fue la mañana del segundo día en que los tres hombres habían estado en la cabaña. Cerca de treinta y seis horas en total.

"¡Oye, Bowdry!"

Era Gord Wadley de vuelta a la ventana, que parecía un poco ronco por haber gritado tanto y también, sin duda, porque tenía la garganta seca.

Bowdry no respondió porque no quería que supieran dónde estaba o qué tan lejos estaba. Casi fuera del alcance del rifle. Además, porque no tenía nada que decirle a Gord, ese tonto gordo y joven al que había advertido que no volviera por aquí. Ahora no podía decidir qué hacer con ellos.

"¡Debo tomar un poco de agua, Bowdry!" gritó Gord, el primero de los tres a quebrar a pesar de su optimismo inicial. "¡Tu me puedes disparar a mí si quieres, pero tengo que tomar un poco de agua! ¡Voy a dejar mi arma aquí y salir! No dispares, ¡ahora!"

Bowdry maldijo en voz baja cuando el hombre bajo y gordo abrió la puerta y salió, sonriendo como un idiota feliz a pesar de la nota de desesperación en su voz seca y agrietada. Gord miró hacia las rocas, luego hacia el pozo de agua debajo de ellos. Trató de tragar saliva, se pasó la lengua por los labios y se frotó la boca con mano temblorosa. Echó a andar hacia el pozo y dijo en voz alta: "¡No dispares, Bowdry! Solo tengo que darme un poco de agua." Podrían haber sido niños pequeños jugando a un juego y Gord diciendo, "Tiempo de espera ahora mientras me trago un poco."

Comenzó a correr como un caballo enloquecido por la sed que olía a agua, empeñado en saciar su sed incluso si eso significaba la muerte.

En la choza, Zeb y Barney lo miraban a través de la ventana con asombro.

"Va a hacer explotar su cabeza estúpida," dijo Zeb.

"Le servirá bien," gruñó Barney. "Estoy cansado de escuchar esa gran boca suya. Y él es quien nos convenció para que viniera aqui".

Zeb asintió. "Me siento igual. Él es mi primo, pero me pongo a pensar en ponerle una bala en su trasero gordo, si Bowdry no fuera justo que él llenara sus entrañas con agua y nosotros no tengamos ninguna."

"Parece que va a sobrevivir sin siquiera recibir un disparo," dijo Barney con sorpresa, mientras Gord caía en el pozo de agua como un hombre que intenta ahogarse, con solo su parte trasera levantada en el aire. Podían verlo ahuecando grandes puñados dobles en su cara, bañándose en ella, y su propia sed se volvió casi insoportable. Fue una tortura ver a Gord revolcarse en el agua.

"Diablos, intentémoslo," dijo Zeb de repente. "Si lo logró, quizás nosotros también podamos."

"Espera un momento," dijo Barney.

Gord había dejado de chapotear en el agua, había levantado su roja y goteante cara para mirar hacia las rocas.

De pie junto a una gran roca, fuera de la vista de la choza, Bowdry apuntó al Henry hacia Gord y le dijo en voz baja y enojada: "Deja de revolcarte en esa agua, cerdo asqueroso."

"¿Eh?" dijo Gord, sus pequeños ojos casi se salieron de sus órbitas.

"Eh, demonios," dijo Bowdry. "Sal de allí y vente aquí."

Zeb y Barney no podían ver a Bowdry ni escuchar lo que decía. Pero vieron a Gord levantarse del pozo, con la parte trasera primero, como un toro joven de un búfalo revuelto, y caminar hacia las rocas con las manos en el aire. Salió de su vista detrás de una roca, y Zeb y Barney intercambiaron una mirada silenciosa, acordando sin decir una palabra que no intentaran por el pozo en ese momento.

Detrás de la roca grande, Gord se detuvo, sonriendo tímidamente a Bowdry, que lo miraba ceñudo y asesino. "¿Qué quieres?," preguntó Gord, tratando de descartarlo.

"Que quiero, demonios," dijo Bowdry. "Eres un hijo de puta muy estúpido, ¿lo sabes?"

No le molestaba a Gord. Ni siquiera el amartillado Henry pareció molestarlo. Bowdry le había dejado sacar el agua, ¿no? Si Bowdry intentaba dispararle, ya lo habría hecho. Así que Gord se quedó allí sonriendo, su confianza restaurada, su espíritu levantado por el agua que chapoteaba en su vientre. Estaba mojado y embarrado y largo tiempo sin lavar, una ofensa para los ojos y la nariz, y mirando el cañón de un Henry desde el extremo equivocado; sin embargo, se quedó allí sonriendo, como si supiera que todo estaría bien.

Las mandíbulas de Bowdry se apretaron y aflojaron. Sus ojos inyectados en sangre ardían como fuego a través de un glaseado helado. Su voz era suave y mortal. "Volviste por aquí con la esperanza de ponerme una bala, después de intentarlo una vez el mismo día. Ahora aquí estás pensando que te dejaré ir de nuevo."

"No, ya no volveré aquí," dijo Gord. "Aprendí mi lección esta vez."

"Es mejor que lo hayas hecho." Bowdry sacudió la cabeza hacia la derecha. "Empieza a caminar."

Observó a Gord rodear, y luego siguió al hombre bajo y gordo por la escarpada pendiente a través de las rocas. Gord casi se cayó varias veces y jadeaba mucho antes de llegar a la cima.

"¿No estás preocupado por tus amigos allá?," preguntó Bowdry.

"Creo que se cuidan a sí mismos," dijo Gord, sonriendo. "Creo que es siempre 'cada hombre por si mismo'."

"Parece que si," acordó Bowdry.

Se detuvieron en lo alto de la cresta, Bowdry respirando con facilidad, Gord no tan fácilmente. "Dos días sin un plato o una bebida de agua lo quitan de uno, hombre," dijo Gord, sonriendo. "No tendrías un poco de algo para comer por aquí, ¿verdad?"

"Tengo mucho que comer," dijo Bowdry. "Pero no tengo el hábito de alimentar a las personas que intentan acercarse a hurtadillas en la oscuridad." Luego preguntó: "¿Le dijiste a ese hermano gordo tuyo lo que dije?"

Gord se rascó la pelusa pálida en su regordeta mejilla roja. "Sí, le dije. Parecía estar pensando en ello, pero después de escabullirse y disparar la ventana con esa pistola de dispersión ..."

"Me has perdido," dijo Bowdry. "No fui a ningún lado cerca del lugar. Debe haber sido ese otro tipo que mencioné. Lo vi caminando furtivamente por la oscuridad ese día, después de que tú y el otro se fueran."

Gord Wadley miró hacia otro lado, sin decir nada por una vez, sin siquiera sonreír. Estaba claro que no creía que hubiera ningún" otro tipo. Solamente era Bowdry, en su opinión sencilla.

Bowdry suspiró. "No creo que los tontos alguna vez crean que haya alguien más hasta que estén mirando por el cañón de su arma, y entonces será demasiado tarde. No te va a dar la oportunidad de volver después de él más tarde."

"¿Por qué alguien más querría matarnos?," preguntó Gord.

Bowdry se encogió de hombros. "Tal vez solo sea un tipo de un espíritu público que piensa que el país estaría mejor sin ustedes. Me inclino a estar de acuerdo con él allí. Simplemente no me gusta la idea de que ustedes, bastardos, vengan detrás de mí cada vez que él tome la noción de hacer bien al país. Yo, no tengo ningún espíritu público para hablar en absoluto. Si lo hiciera, no seguiría permitiéndote seguir así."

"Pensé que era porque te gusto," dijo Gord, con su sonrisa exasperante.

Bowdry lo miró con ojos duros. "No creas que esa sonrisa te salvará la próxima vez. Si vuelves aquí con más de ese grupo para atraparme, me sentiré como el tonto vivo más grande por dejarte ir. Y me pondrá tan furioso que haré todo lo posible para atraparte incluso si no consigo a nadie más."

Gord se encogió de hombros, pareciendo incómodo a pesar de su sonrisa. "No volveré, incluso si Rufe quiere que lo haga. Querrá enviar a alguien más la próxima vez."

"Será mejor que no sea una próxima vez," le dijo Bowdry. "Ahora, comienza a caminar. Si alguna vez vuelvo a verte por aquí, comenzaré a disparar."

La sonrisa de Gord se desvaneció y su boca se abrió. "¿Quieres decir que tengo que caminar tan lejos a pie?"

"Esa es la forma en que la gente suele caminar."

"Pensé que podrías dejarme tener un caballo," dijo Gord. "¿Qué tal esa alazán que traes? ¿Quiero decir solo para irme a casa?"

Bowdry negó con la cabeza. "No sé nada al respecto. No hay alazán por aquí, a menos que uno de ustedes lo habia traido a uno."

"¿Estás cierto de eso?," preguntó Gord sorprendido, mirando las enormes rocas. "¿En dónde guardas sus caballos?"

"En un lugar seguro," dijo Bowdry, con los ojos fríos.

Gord bajó la mirada, recordando lo afortunado que era de salir de allí con su vida. No serviría para tratar su suerte. "Bueno, si tengo que caminar, mejor comenzar," dijo. "Me tomará medio día, débil como soy por no comer nada."

"No tienes nada de qué preocuparte," le aseguró Bowdry. "Podrías vivir de tu grasa por un año."

"Sí, estaba empezando a pensar que tendría que hacerlo," dijo Gord, sonriendo por encima de su hombro mientras bajaba por la pendiente de la roca.

"No vuelvas," le recordó Bowdry.

"No lo estoy," dijo Gord. Cuando estaba al pie de la pendiente, sin poder oírse, se dijo a sí mismo: "No hasta que me consiga un caballo y una pistola, y un poquito de comida en mi estómago."

Giró a lo largo de la vieja baranda por el valle estrecho y pronto se encontró dando tumbos por el borde del cañón con sus botas de tacón alto. Temiendo que pudiera resbalar y salpicar en las rocas a doscientos pies por debajo, estaba a punto de alejarse un poco más del borde cuando escuchó a un caballo caminar detrás de él.

Al mirar a su alrededor, vio a un hombre alto y joven con un alazán con cara de fuego. Tanto el hombre como el caballo parecían familiares, pero Gord tampoco se dió cuenta de inmediato.

"¿De dónde vienes?" preguntó, sonriendo sorprendido.

"Simplemente vine hasta aquí para echar un vistazo al cañón," dijo el hombre casualmente, mirando a Gord a través de unos ojos gris claro.

Uno de los con pies tiernos, pensó Gord con un leve disgusto. Uno de esos, con pies tiernos que salen aquí para mirar las rocas y todo como si nunca hubiera visto a ningún país verdadero.

Sin embargo, había algo en el hombre que lo inquietaba y, cuando notó el Colt con los mangos de hueso, se sintió aún más incómodo. A pesar de su linda ropa y su apariencia bien arreglada, el hombre no se parecía mucho a un tierno. Y también, Gord seguía pensando que ya había visto a él en algún lugar antes, tal vez en la ciudad. Todavía no conocía a la mayoría de las personas en esa pequeña ciudad, y algunas de ellas nunca había visto.

"Por un minuto allí te metí por un ladrón de caballos," dijo Gord, con una sonrisa desarmante. "Ese alazán que tienes parece a uno que alguien nos robó, excepto que tiene un resplandor en la cara un poco más grande y la parte blanca delantera está en la otra pierna."

"No me había dado cuenta."

"Pero ahora puedo ver que no es eso," agregó Gord. "De todos modos, estoy seguro, sé quién se robó el nuestro. Él dice que no fue él, pero yo no soy tonto. No podría ser nadie más."

"Lo consiguió con las manos en la masa, ¿verdad?," preguntó el desconocido de aspecto familiar. Ahora estaba al lado de Gord, tomando un lado del estrecho camino, por lo que Gord tuvo que acercarse al borde del acantilado. "¿Es eso lo que estás haciendo ahora, buscando tu caballo?"

"No," dijo Gord. "Estoy de camino a casa ahora. Ese es el 3-Bar al sur de aquí. Bowdry no me dejaba tener ningún caballo, así que tengo que caminar."

"¿Bowdry?"

"Sí. Esa es la persona de quien te estaba hablando. Nos ha estado causando muchos problemas. Yo y dos más fuimos allí para devolverle la pelea, pero nos olvidamos de nuestra comida y agua y él no nos dejó tener ninguno. Los otros dos muchachos todavía están allí en esa vieja choza, pero Bowdry me dejó ir." Gord sonrió. "Creo que a él le gusto."

"Eso es interesante," dijo el desconocido, su caballo acercándose un poco más a Gord. "¿Crees que podría dejar ir a los demás?"

"No sé," dijo Gord, pensando en la charla, sin siquiera dando cuenta de lo cerca que estaba de llegar al límite. "Espero que así sea. Los chicos me culpan porque creen que les dije que vinieran allá conmigo."

El extraño miró por encima de su hombro. "No he escuchado ningún disparo. Pero tal vez no podríamos escucharlos hasta aquí."

"Sí, podríamos oirlos," dijo Gord. "No se trata muy largo allá arriba. Todavía tengo un largo camino por recorrer. Iba a pedir si me dejarías cabalgar detrás de ti. Ese caballo podría llevarnos a ambos de manera muy fácil, y estas botas me están matando."

"Por supuesto," dijo el desconocido, tirando el alazán hacia Gord y levantando un pie del estribo. Gord ya estaba demasiado cerca, y era el lado equivocado desde el que montar, pero ese tonto no parecía notar la diferencia.

Gord gritó alarmado cuando el hombre del caballo lo atrapó y lo hizo perder el equilibrio. Sus ojos se agrandaron de horror cuando el pie del extraño se acercó a su pecho, descansó allí por un segundo y luego lo empujó hacia atrás. Instintivamente se agarró a la bota pulida, pero fue tirada hacia atrás fuera de su alcance, y un momento después, sintió que caía por el espacio y se escuchó gritar como una mujer. En algún lugar, en el fondo de su mente, estaba la oscura y fugaz idea de que Bowdry había estado diciendo la verdad todo el tiempo: había otra persona, pero Gord no le había creído hasta que fue demasiado tarde.

Cuando un suelo de cañón rocoso se acercaba desde doscientos pies más abajo, ya era demasiado tarde para todo, incluso las oraciones.

CAPÍTULO 15

En la vieja cabaña Pollard, como se la llamaba, Zeb Wadley y Barney Corvin revisaron sus pistolas, asegurándose de que hubiera un sexto cartucho en la cámara que normalmente se dejaba vacío debajo del martillo. Cada uno había traído un revólver de repuesto, empuñado en el cinturón, y allí, en el piso, estaba el cinturón de pistola que Gord había dejado atrás. Zeb sacó el arma de la funda y encontró tres cartuchos gastados en el cilindro.

"Él les disparó cuando estábamos corriendo por la choza," dijo Zeb con disgusto. "Todo ese tiempo solo tenía dos balas en su arma."

"El no era nada más que aire caliente," acordó Barney. Luego preguntó: "¿Crees que habló con Bowdry para dejarlo ir de nuevo?"

"Diablos, debe haberlo hecho," dijo Zeb, reemplazando los vacíos en la pistola de Gord. En realidad, el arma había pertenecido al difunto Pink Deeble, pero Gord se había apoderado de ella después de que Bowdry tomara la suya. Gord tuvo que soltar el cinturón hasta la última muesca. "Ha pasado más de una hora desde que lo vimos entrar en las rocas con las patas hacia arriba," agregó Zeb, "y no hemos escuchado ninguno disparo."

"¿Crees que podríamos salir con un truco como ese?," preguntó Barney.

Los dos hombres solemnes y demacrados intercambiaron una mirada y luego Zeb dijo: "Lo dudo. Aprendí hace mucho tiempo de no intentar hacer el tipo de cosas que Gord hiciera. Él siempre tuvo suerte así. Si pensé que lo haríamos, diría que sí. Pero supongo que Bowdry nos dejaría acercarnos al pozo de agua y luego nos dispare. Creo que prefiero probar lo que acordamos antes: salir disparando, escondernos detrás de la choza y mantenerla entre nosotros y el abrevadero mientras corremos como el infierno por las rocas en la ladera oeste. Él no esperará que vayamos por ese camino, sedientos como estamos, o que lo intentemos a plena luz del día. Incluso podemos atrapar al bastardo dormido."

"Cualquier cosa es mejor que esto," dijo Barney. "Creí que otros tratarían de salvarnos de aquí antes de ahora. Deben saber que no tenemos agua ni nada para comer. Pensé que Gil y Rex intentarían escabullirse y conseguir Bowdry incluso si tenían que venir por su cuenta. Sé que no los dejaría en una situación como esta sin intentar algo."

"Rufe es a quien culpo," dijo Zeb. "Él es el que está a cargo. Pero a Rufe no le importa nada más que a sí mismo. Dejó como si todo se hubiera roto cuando mataron a Hunk, pero eso fue principalmente para el show, solo un montón de palabras. Él nunca derramó lágrimas verdaderas, y no va a arrojar ninguna sobre nosotros."

Barney no dijo nada. Estaba parado a un lado de la ventana rota, estudiando las rocas sobre el pozo de agua. Había una expresión de terror enfermizo en su rostro, que era pálido y se dibujaba bajo la barba oscura.

Cuando estuvieron casi listos, Bowdry llamó de repente desde algún lugar de las rocas, no podían discenir exactamente dónde, "¡Ustedes dos en la choza!"

Había estado en silencio por tanto tiempo que ahora se sorprendieron por este grito inesperado, justo cuando estaban a punto de hacer su intento desesperado por la libertad.

Fue Zeb quien respondió en voz alta y agrietada: "Sí, ¿qué quieres?"

"¡Dejen sus armas allí y salgan!," llamó Bowdry. "¡He decidido dejarles ir, esta vez! Pero tengo la intención de matar a cualquiera que vuelva por aquí en busca de problemas."

"¿Crees que es un truco?," preguntó Corvin a Zeb.

Zeb se encogió de hombros, peinándose la barba roja con los dedos. "No creo que tengamos muchas opciones. No podemos durar mucho más sin agua, y si salimos a disparos, él nos puede matar fácilmente con ese Henry. No estoy seguro de dónde está, pero está mucho más cerca de lo que imaginaba."

"Pregúntale por qué lo está haciendo," dijo Barney en voz baja. "Pregúntale por qué nos deja ir. Él sabe que venimos aquí para matarlo."

Zeb había ocupado el lugar de Barney cerca de la ventana sin cristales, para que su voz funcionara mejor. Tenía la garganta tan seca que le costaba hablar. "¿Por qué lo haces, Bowdry?," llamó. "¿Por qué nos dejas ir?"

Después de un momento, Bowdry contestó con cierta reticencia: "En caso de que estuviera equivocado sobre Hunk y los otros dos, ¡esto borra me deuda en lo que a mí respecta! Ya dejé ir a Gord dos veces, ¡cuando debería haberlo matado! Lo haré la próxima vez! ¡Eso va para ustedes dos tambien, si vuelven aquí! Si crees que estoy mintiendo, ¡pruébanme!"

Zeb le dijo a Barney: "Creo que realmente quieres dejarnos ir, al igual que quieres matarnos si volvemos aquí."

"Entonces vámonos de aquí y nos preocuparemos por eso más tarde," dijo Barney, ya desabrochándose la pistolera.

"Odio como el infierno dejar todas estas armas aquí," dijo Zeb. "Pronto tendrá todas las armas que tenemos, si esto sigue así. Y después de reírme de Gord y Clete cuando vuelvan sin ellos, me daría vergüenza volver sin los míos. Odio ir desarmado de todos modos, por si acaso es un truco. No estamos seguros de que incluso dejó ir a Gord. Puede estar tendido en algún lugar en las rocas con el cuello cortado o la cabeza hundida."

Barney frunció el ceño y comenzó a negar con la cabeza, luego pensó por un momento y asintió. "Tendremos que dejar los cinturones y las pistoleras atrás, pero tal vez podamos esconder un arma debajo de nuestras camisas y algunas conchas en los bolsillos sin que darse cuenta."

Zeb sonrió mientras se quitaba la pistolera, se volvió imprudente al saber que la vida y la libertad lo esperaban fuera de la choza, y no la escalofriante amenaza de una muerte súbita, como había temido unos minutos antes. "Diablos, tal vez podamos incluso darle la vuelta al bastardo. Capturarlo y dejarlo rogar por su vida un rato antes de llenarlo de agujeros."

Los ojos inyectados en sangre de Barney se volvieron soñadores ante la idea, pero dijo: "Tendremos que tener cuidado. Él no vivió tanto por ser fácil de matar."

"Seguro que sería algo, sin embargo, ¿no?" dijo Zeb, mientras deslizaba su arma debajo de su cintura y se bajaba la camisa sobre ella.

"Sí, lo haría," acordó Barney. "Pero ten cuidado, o nos matará a los dos."

Cuando ambos estuvieron listos, Zeb miró a Barney y Barney asintió. Se movieron hacia la puerta, pero se detuvieron cerca de ella, y Zeb llamó, "Está bien, Bowdry, ¡vamos a salir! ¡No dispares!"

"¡Ven adelante!," respondió Bowdry.

Abrieron la puerta y salieron con cautela, estudiando las rocas con ojos entrecerrados y medio cegados por la luz brillante del exterior.

"Espera un minuto," gritó Bowdry, todavía invisible en las rocas, su lugar exacto difícil de determinar. "Quiero que los dos se quiten los abrigos y las camisas."

Los dos intercambiaron una mirada rápida, luego Zeb llamó," ¿Para qué?"

"Entonces puedo ver lo que tienes debajo de ellos."

Zeb sonrió tensamente. "Quieres decir que no confías en nosotros" "No."

Barney dijo por el lado de su boca:" ¿Qué vamos a hacer ahora?"

"Diablos, supongo que tendremos que hacer como él dice," murmuró Zeb. "Ni siquiera puedo verlo, pero es cierto que tiene ese Henry apuntando directamente hacia nosotros y su dedo en el gatillo."

"Ese viejo Henry les dispara a los cartuchos de los viejos rimfire," dijo Barney. "¿Aproximadamente con qué frecuencia piensas que falla?"

"No con frecuencia lo suficiente," dijo Zeb. "¿Quién se está volviendo imprudente?"

"Fue solo un pensamiento."

Arriba en las rocas, Bowdry preguntó, con un toque de impaciencia en su tono," ¿Para qué esperan, chicos?"

Los dos hombres parecieron desplomarse de pie. Maldiciendo suavemente, luego se cubrieron la cabeza con sus abrigos y camisas, de modo que sus rostros quedaran ocultos. Pero todo estaba escondido de ellos. Esperaron, como hombres con los ojos vendados y condenados en un pelotón de fusilamiento, tensos por las balas que podrían llegar en cualquier momento.

"Eso no fue muy inteligente," dijo Bowdry con voz dura y burlona.

"Habrías hecho lo mismo en nuestro lugar," respondió Zeb a través del abrigo y la camisa.

"Tal vez lo haría en eso," dijo Bowdry. "Dar la vuelta muy lento. Ahora enfréntanme de nuevo y deshaganles de esas armas. O intenten usarlos. Ustedes deciden. Tan pronto les mataría ahora como más tarde. Ustedes muchachos no aprenden nunca."

Dejaron caer las armas y luego se quedaron esperando.

"Ahora vayanse de aquí," dijo Bowdry con dureza. "Si vuelven por aquí otra vez, les juro que los mataré a los dos. Eso va para los demás. Estoy al fin de mi paciencia."

Los dos hombres, de cara dura y ojos estrechos, dieron media vuelta y se dirigieron lentamente hacia el pozo de agua, todavía sin hablarse, bebieron todo lo que querían y luego se lavaron deliberadamente las sucias caras barbudas, aunque sabían que Bowdry los estaba mirando. Era un acto de desafío y él lo reconocería como tal. Pero Bowdry permaneció en silencio y tomaron su tiempo, porque estaban seguros de que no los fusilaría mientras estuvieran desarmados. Por ese escrúpulo no le producían gratitud, solo desprecio, y ya en la mente de cada uno estaba la intención de regresar con los demás cuando venían tras el pistolero.

Cuando terminaron en la charca, subieron a través de las rocas y bajaron la empinada ladera del otro lado. Fue en ese momento que Zeb dijo: "Deseo que haya sido yo allí con ese Henry y él en mi punto de mira, en lugar de al revés. Me gustaría hablar con él de la forma en que nos habló, y luego llenar al bastardo con plomo."

"Yo también," dijo Barney Corvin. Luego preguntó: "¿Qué tan lejos está al rancho?"

"Está mucho más lejos a pie que sobre un caballo," le dijo Zeb.

Barney suspiró.

Giraron a lo largo del viejo sendero que conducía por el estrecho valle, y Zeb pronto dijo: "Parece que Gord bajó por este camino tambien. Hay las huellas de su botas."

"Vamos a seguirlo," dijo Barney.

"Tal vez él conoce un atajo."

"Si hay un atajo, puedes apostar que Gord lo conoce," dijo Zeb.

Continuaron por el antiguo camino, que en algún momento en el pasado había sido utilizado por los vagones. Había dos surcos débiles separados por zarza y malezas que colgaban sobre los surcos mismos y dificultaban las cosas. A su derecha, vieron dónde terminaba la empinada cresta en una enorme pila de rocas que dominaban la cabecera del cañón. A la izquierda estaban las colinas de cedro, salpicadas de rocas y matorrales, y cortadas por oscuros barrancos. Parecía un lugar bastante aterrador para dos hombres desarmados que poco habían escapado de la muerte.

Después de un breve silencio, Barney habló en un tono bajo de cautela, como si alguien más que Zeb pudiera escucharlo. "Lo que dijo Bowdry sobre Hunk y los otros dos, nunca entendí bien. ¿Que pasó?"

Zeb se encogió de hombros, y mantuvo su propia voz baja. "Rufe los envió a buscar a Bowdry. Pero él los consiguió primero."

Barney miró a un lado al hombre de barba roja. "¿Los tres?"

Zeb asintió. "Supongo que los tomó por sorpresa. Los vi venir y estaba esperando, supongo. Lo mismo ocurrió cuando Moose Grogan y los mexicanos lo persiguieron."

"Me enteré de eso," dijo Barney. Estaba a punto de agregar algo, cuando por casualidad miró al suelo y se detuvo en seco. "Oye, mira esto. Alguien bajó por aqui en un caballo no hace mucho tiempo. Aquí hay otra pista, y esta está en la parte superior de una de las huellas de los botes de Gord. Parece que estaba siguiendo a Gord." Barney le lanzó una mirada rápida a Zeb. "¿Crees que fue Bowdry?"

Zeb estaba estudiando el suelo con ojos preocupados. Pero después de un momento, dijo: "¿Cómo podría ser Bowdry? Él todavía está allí en las rocas."

"Sí, pero no sabemos cuánto tiempo estuvo allí," dijo Barney. "Nunca escuchamos nada de él por más de una hora después de que Gord se fuera."

"Así es," admitió Zeb, mirando hacia el camino. "Me da un sentido que no me gusta. Vamos a seguirlas una pieza y ver qué encontramos."

El suelo era duro y rocoso a lo largo del borde del cañón y había pocas pistas. Pero se mantuvieron en la vieja carretera del vagón y pronto descubrieron que el suelo había sido maltratado tanto por el caballo como por los botes. Les pareció que Gord y el caballo que caminaba a su lado habían intentado empujarse mutuamente fuera de la carretera y Gord, que era algo más pequeño, había sufrido lo peor.

Zeb y Barney se acercaron al borde y miraron hacia abajo, hacia el cañón.

"¿Te parece como Gord tirado en las rocas allá abajo?" preguntó Zeb.

Barney asintió. "Lo que queda de él." Miraron en sombrío silencio por un tiempo, y luego agregó, "Parece que se encontró a sí mismo a ese atajo al fondo de ese cañón a toda prisa."

"Con la ayuda de alguien, lo hizo," dijo Zeb, y luego lo hizo, lo que era para él, una cosa muy inusual: se persignó, un gesto oscuro que a menudo había visto a los mexicanos hacer para protegerse del mal. "Volvamos lejos de este cañón. He seguido al viejo Gord por lo que apunto en esa dirección."

Cruzaron la carretera y treparon a las rocas y los cedros del otro lado, tambaleándose en sus prisas, con las piernas temblorosas por la debilidad y el miedo. Zeb, el hombre más pesado, se mantuvo a la frente con dificultad. Barney estaba tan cerca que tuvo que mantener los brazos levantados para protegerse la cara de los miembros que se balanceaban.

"¿Crees que vendrá detrás de nosotros?," preguntó Barney.

"¿Qué clase de juego cree que está jugando?," dijo Zeb con resentimiento. "Esa no es la primera vez que hace un truco como ese. Permitió que Gord y Clete se fueran el otro día, luego se escabulló hasta el 3-Bar esa misma noche y disparó a través de la bobinadora con una escopeta. Supongo que estaba tratando de matar a Gord entonces. Y antes de que vinieras aquí, mató a Pink Deeble, justo después de dejarlo como si no quisiera más problemas.

"Sí, me enteré de eso," Barney dijo. "Estaba pensando, Zeb, si él nos persigue, quizás sea mejor que nos escondamos en algún lugar hasta que oscurezca."

"Preferiría alejarme lo más posible de aquí," dijo Zeb, echando una mirada salvaje a las rocas cercanas. "Este lugar me da escalofríos."

"Me sentiría mucho mejor si tuviera un arma," dijo Barney.

De repente se detuvo, poniendo una mano en el hombro de Zeb para detenerlo. "Escucha," dijo en voz baja.

Zeb lo miró con esa mirada salvaje y asustada en sus ojos. "¿Qué es?"

"Pensé que había oído algo."

Había en un estrecho barranco en forma de V entre dos laderas rocosas cubiertas de cedros bajos. Había rocas y cedros en el barranco, y un espeso matorral gris en algunos lugares. No podían ver mucho más de quince metros en cualquier dirección.

"¿Cómo sonaba?" susurró Zeb.

"No estoy seguro," dijo Barney. "La primera vez que lo escuché, pensé que era el ruido que estábamos haciendo. Luego volví a oírlo: sonaba como un caballo o algo así al caminar sobre las rocas. Pero cuando lo detuvimos también lo hizo, fuera lo que fuese."

"¿De dónde parecía que venía?" preguntó Zeb.

"No podría decirlo. Estábamos haciendo demasiado ruido. Y nunca he sido muy bueno para decir de dónde vienen los sonidos."

"Demonios, yo tampoco lo soy," dijo Zeb. "Nunca pensé dónde estaba Bowdry cuando nos hablaba."

"Igual que aquí."

Estuvieron en silencio por un minuto, y luego Zeb dijo en voz baja, "¿Sabes algo? Estoy empezando a desear haber vuelto a esa vieja choza. Al menos teníamos nuestras pistolas y muchos cartuchos."

"¡Escucha!" siseó Barney, agarrando de nuevo el brazo de Zeb para silenciarlo.

"Lo escuché esa vez," susurró Zeb. "Sonó como un caballo pisó una roca. Salgamos de aquí."

"¡Espera, Zeb! Nos escuchará si movamos."

"Demonios, él sabe dónde estamos de todos modos," dijo Zeb. "Simplemente está tratando de acercarse sigilosamente a nosotros. Lo siguiente es que dejará ese caballo atrás y no podremos oírlo, no más de lo que podíamos oírlo mientras se movía en las rocas."

"Tenemos que encontrar un lugar para escondernos," insistió Barney. "Cuando oscurezca tal vez podamos llegar al rancho. Pero nunca llegaremos allí a la luz del día sin que él nos descubra."

"Conozco un lugar en el camino al rancho," dijo Zeb. "Si vienen a buscarnos, esa es la via en que vendrán, y no quiero extrañarlos."

"¿Cuán lejos está?"

"Diablos, no puede estar lejos. Ese camino no está a más de media milla del cañón, y ya hemos venido una pieza bastante buena."

"Está bien," decidió Barney. "Pero vamos a quitarnos las botas para que no nos escuche, y dar un paso donde no dejaremos huellas."

"No tengo calcetines," protestó Zeb. "Vamos a arruinar nuestros pies."

"Mejor nuestros pies que nosotros," dijo Barney.

Miles Hinton había desmontado y conducía su caballo. Podría haberse movido más silenciosamente sin el caballo, pero no sabía exactamente dónde estaban los dos hombres. Había una posibilidad de que ya lo hubieran visto, incluso ahora lo estuvieran mirando, y no dispararan solo porque no tenían nada con lo que disparar. Si él ató el caballo y continuó su tallo sin él, podrían dar vueltas detrás de él, amontonarse sobre la acedera y alzarlo para el 3-Bar, dejándolo en pie y en problemas. Porque el caballo fácilmente podría ser rastreado a él.

Pero no creía que lo habían visto, y esperaba que no lo hicieran hasta que los tuviera en sus visores. En caso de que consiguieran escapar, no quería que supieran quién era. Quería que pensaran que fue Bowdry quien los acecha. Por eso estaba siendo tan cuidadoso, cubriendo sus propios rastros mientras trataba de seguir los de ellos.

No los había oido mover desde hacía bastante tiempo, pero eso no significaba que todavía estuvieran detenidos. Pensó que se habían quitado las botas y se habían deslizado por el barranco hacia la carretera de 3-Bar. Pero si fueran tan cautelosos e inteligentes como parecían, se esconderían entre la maleza y las rocas cerca de la carretera y esperarían hasta la noche antes de ir al rancho, sabiendo, como obviamente lo hicieron, que los estaba siguiendo.

Hinton se metió la escopeta Ethan Allen bajo el brazo y miró a su reloj de bolsillo dorado. No todavía son las dos. Todavía quedan varias horas de sol, y aún más, hasta que está completamente oscuro. Había pensado en dar vueltas por delante y esperar junto a la carretera a los dos hombres, pero podían pasar muchas cosas entre ahora y el anochecer, e incluso podrían evitar la carretera como el lugar más probable para una emboscada.

Después de escuchar por un tiempo y oir solo el viento en los cedros, Hinton condujo a su caballo por el barranco en busca de huellas. Finalmente encontró una, la huella de un pie humano desnudo, en un pequeño pedazo de arena. Lo estudió con un frío brillo de satisfacción en sus ojos pálidos. Entonces él había adivinado bien. Se habían quitado las botas. Eso explicaba por qué no los había escuchado avanzar después de detenerse allí. Y parecía que tenían la intención de seguir el tortuoso barranco hasta la carretera de 3-Bar. Tal vez temían que, si salían de allí, los vería en la ladera rocosa, donde los cedros estaban demasiado atrofiados y desparramados para cubrirse.

Hinton estaba cansado de caminar y sus pies comenzaban a doler. Volvió a su caballo y cabalgó por el barranco a pie, con la escopeta al otro lado del pomo. El barranco se bifurcaba hacia adelante y giró hacia la bifurcación de la izquierda, aunque estaba seguro de que los dos hombres habían tomado la derecha para acercarse un poco más al 3-Bar.

Aquí arriba, los dos tenedores se estaban volviendo poco profundos y las crestas de ambos lados más bajas, el suelo nivelado, pero roto por montículos cubiertos de rocas y arbustos. Hinton estaba seguro de que los dos hombres estarían escondidos en uno de estos montones de rocas y arbustos donde podrían ver el camino hacia el rancho, y observarlo al mismo tiempo.

Cruzó la calle abiertamente, luego comenzó a viajar hacia el sur, buscando metódicamente todos los escondites posibles. Si los arrojaba de su escondite, como esperaba hacer, será solo una cuestión de minutos antes de que los derribara.

Sucedió antes de lo que esperaba. Cuando estaba a punto de dejar una de estas colinas bajas y arbustivas donde crecían algunos árboles entre las rocas, los vio huir de la que estaba justo delante de él, bajando hacia la carretera de 3-Bar. Corrieron muy incómodos con sus botas de tacón alto, que se habían vuelto a poner, y uno de ellos, el gordo, tropezó y cayó justo cuando llegaban a la carretera.

Hinton mostró sus dientes en una sonrisa lobuna mientras rompía la escopeta para revisar las cargas. Cerró la recámara y ya estaba inclinado hacia delante en la silla de montar para comenzar la persecución, cuando vio una nube de polvo que se acercaba desde el sur.

Unos momentos después, nueve hombres se acercaron y se detuvieron junto a la pareja a pie, que comenzó a hablar con entusiasmo y se volvieron para señalar el montículo con maleza donde Hinton estaba sentado a caballo.

CAPÍTULO 16

El primer pensamiento de Hinton fue dar media vuelta y cabalgar hacia allí. Pero él resistió el impulso. Harris Thacker tenía algunos caballos muy buenos, conocidos por su velocidad y resistencia, y la mayoría, si no todos, habían caído en manos de la pandilla Wadley. La brillante castaña roja que Rufe Wadley ahora montaba había sido la montura personal de Thacker y era considerada el caballo más rápido en esta parte del país, incluso más rápido que el Appaloosa de Josh Larkin. Se dijo que algunos de los otros caballos de 3-Bar eran casi tan rápidos.

Hinton sabía que lo habían visto, pero no creía que pudieran verlo claramente a causa de la maleza y los árboles. Apoyó la escopeta en el lado opuesto del caballo y la dejó caer sobre algunas hierbas altas y muertas. Podría volver por la escopeta más tarde, si no la encontraban primero.

Luego cabalgó por la pendiente hacia los hombres de 3-Bar, saludando casualmente mientras se acercaba.

Rufe se quedó boquiabierto de furia desconcertada ante la hiel no adulterada de un hombre al que quería matar. Luego, de repente, se inclinó hacia adelante en su silla de montar para mirar al jinete que se aproximaba, y levantó el brazo para evitar que su grupo, gatillo de disparos, usara las armas que habían extraído. "Espera," ladró. "Eso no es Bowdry."

"Entonces, ¿qué diablos estaba haciendo allí?" preguntó Zeb, con sus estrechos ojos inyectados de sangre lanzando miradas de puro asesinato hacia el jinete. "¿Y qué está haciendo él con ese alazán que tomó Bowdry?"

Rufe resopló. "Tienes el caballo equivocado y el hombre equivocado. Ese es ese amigo del hotel en la ciudad. Él viaja de esta manera y dispara a las rocas y los árboles con esa pistola bella. Tratando de hacer creer que es un vaquero, supongo."

Se volvió hacia Hinton mientras este último se acercaba y se detenía. "¿Tienes alguna idea de lo cerca que te encuentras de conseguir un disparo, montando por aquí en un caballo como ese?" preguntó Rufe con enojo, porque no tenía tiempo que perder en los estúpidos novatos cuando tenía que perseguir a un hombre como Bowdry. "Ese caballo se ve casi exactamente como uno que Bowdry nos robó. Cuando esos dos te vieron, pensaron que era Bowdry, y si él no hubiera cogido sus pistolas, le hubieran quitado su cabeza tonta."

Hinton miró casualmente a Zeb y Barney, y en sus redondos ojos grises había una mirada de leve desprecio, aún más irritante porque lo consideraban un tipo de orejas húmedas que ni siquiera debería estar tratando de montar a caballo, mucho menos llevando un arma. "Los vi correr colina abajo," dijo en voz baja. "Estaba listo para irme yo mismo, porque pensé que debieron haber visto un grupo de indios salvajes."

Algunos de los hombres soltaron una carcajada y otros sonrieron a la pareja de cara roja que permanecía inmóvil, sin aliento, con la ropa que habían rasgado corriendo entre la maleza.

"¿Qué estabas haciendo allá en esos arbustos?" preguntó Zeb, todavía con los ojos duros y sospechosos.

"Cazando conejos," dijo Hinton fácilmente.

"¡Cazando conejos!," repitió Zeb. "¿Con una pistola?"

Hinton asintió inocentemente. "Nunca he golpeado a uno," admitió. "Corren demasiado rápido."

Hubo más risa grosera de los hombres de 3-Bar, y la cara de Zeb se puso mucho más roja. Barney, más tranquilo y silencioso, estaba de pie a un lado, mirando a Hinton cuidadosamente por las esquinas de sus ojos, todavía atormentados por el frío terror que se había apoderado de él mientras huían de este tipo que habían creído que era

Bowdry.

"Será mejor que cazar conejos en otro lugar a partir de ahora," le dijo Rufe a Hinton. "¿No te han dicho que hay una guerra por aquí?"

"Escuché hablar de ello en la ciudad," dijo Hinton. "Te digo la verdad, salí de esta manera con la esperanza de ver algo de eso. Esa es la razón por la que seguí después de esos dos. Pensé que tarde o temprano se encontrarían con Bowdry y vería un buen tiroteo."

"¡Lo sabía!," dijo Zeb. "¡Sabía que todo el tiempo alguien nos estaba siguiendo!"

Rufe lo miró con disgusto. "Bowdry te persigue," se burló. "Parece que los chicos se asustaron por un tipo." Luego hizo un gesto de impaciencia a Hinton. "Vete, vete de aquí, antes de que alguien te dispare."

"Bueno, está bien," dijo Hinton, volviendo a regañadientes a la acedera. "No quise causar ningún problema. Solo quería mirar."

"Maldito tonto," gruñó Rufe, mientras observaba al apuesto joven que se marchaba. Mordió el extremo de un cigarro y miró a Zeb. "¿Dónde está Gord? ¿Todavía está allí?"

"¡Eso es lo que hemos estado tratando de decirte!" exclamó Zeb. "¡Gord está muerto! Está acostado allí sobre las rocas al pie de ese cañón, esperando a los zopilotes. Tal vez Bowdry nunca nos siguió, pero como el infierno, siguió a Gord. Lo siguió y lo arrebató por el borde."

La boca de Rufe se abrió y el cigarro casi se cayó. Luego, con una expresión de ira estrangulada y pena en su rostro, comenzó a masticar el cigarro apagado. "Muéstrame," dijo roncamente, ya girando el caballo rojo hacia el cañón.

Poco tiempo después, Rufe estaba de pie en el borde del cañón, mirando hacia abajo a las rocas doscientos pies más abajo. "Eso es Gord, es cierto. Esa es la camisa vieja que estaba usando. Uno que siempre usaba. Voy a ser condenado."

Los otros también habían desmontado para alinearse a lo largo del borde y contemplar con asombro el objeto vagamente humano que había debajo.

"Todavía se pueden ver las pistas allí donde el caballo de Bowdry lo forzó," dijo Zeb. "Debía haberle golpeado duramente para sacarlo del límite."

Rufe todavía estaba masticando su cigarro. Ahora lo encendió e inhaló en enojado silencio durante un rato, sin dejar de mirar el cuerpo destrozado de su hermano muerto.

Luego dijo: "Uno de ustedes va a buscar a Josh. Esta fue su idea. Vamos detrás de Bowdry y él liderará el ataque. Si se mata a alguien, mi objetivo es que él lo obtenga primero."

Hinton siguió la carretera de 3-Bar hacia la ciudad durante casi un kilómetro, luego se desvió de la carretera y regresó en círculos al lugar donde había dejado la escopeta. Los hombres de Wadley ya se habían ido. Deshizo la escopeta en dos pedazos y la envolvió cuidadosamente en su rollo de manta. Estaba atando la manta enrollada detrás de su silla de montar cuando vio un caballo y un jinete salir de los árboles al otro lado de la carretera y girar en dirección a la ciudad.

Hinton se echó hacia atrás en la maleza y los árboles en la loma y miró pasar al jinete, sin darse cuenta de su presencia. Luego montó, voló en círculos a través de los cedros y se inclinó hacia la carretera para interceptar al jinete.

Hinton había visto varias veces al hombre peludo en la ciudad y se había enterado de que se llamaba Corky Brill, un pariente lejano de los Wadleys. Corky tenía una cara burlona y una gran opinión de sí mismo. A juzgar por la mirada de desprecio en sus ojos, no tenía una opinión muy alta de Hinton, el joven lujosamente vestido que bajaba corriendo para recibirlo. En realidad, Hinton era tan viejo o tal vez un poco mayor que Corky, pero parecía más joven que él, que pensaba en todos los tipos como jóvenes e inexpertos, y él mismo como madurado y experimentado mucho más allá de sus años.

"¿Sigues errante por aquí?" preguntó Brill en un tono grosero y arrogante. "Pensé que Rufe te había dicho que vayas de aqui."

Sin haber sido invitado, Hinton se colocó junto a Brill y trotó en silencio un poco más lejos. Luego dijo casualmente, con los ojos en el camino," Pensé que había visto un zorro allí. Traté de seguirlo, con la esperanza de obtener un disparo, pero desapareció en algunas rocas y no pude encontrarlo de nuevo."

"Probablemente un coyote," dijo Corky. Dirigió a Hinton una mirada de puro desprecio. "Demonios, de dónde estás, de todos modos, que ni siquiera puedes distinguir a un zorro de un coyote?"

Hinton parecía avergonzado por su ignorancia. "Por el este," dijo, luego cambió rápidamente de tema. "¿Alguna vez ha usted encontrado a Bowdry?"

"Diablos no," dijo Brill. "No hemos intentado todavía. Pero encontramos a Gord Wadley en el fondo de ese cañón allá abajo. Parecía que Bowdry se acercó a su caballo y lo impujó de allí."

"¿Quieres decir que Bowdry hizo eso?" preguntó Hinton sorprendido. "No hará muchos amigos de esa manera, ¿verdad?"

"Tan cierto como el infierno, no," asintió Corky, sonriendo, como si este chico de ojos grandes lo encontrara muy divertido.

"¿Supongo que irás a la ciudad para buscar al empresario del enterrador?," preguntó Hinton.

"¡Enterrador!," exclamó Corky, como si nunca hubiera oído hablar de un hombre asi. "¡Diablos no! No nos molestamos con ningún enterrador aquí. No tenemos tiempo para discutir sobre los muertos. Solo intentamos meterlos en el suelo antes de que maduren demasiado, y luego vamos a ver a los bastardos que los mataron. No, no iré a la ciudad. Voy a recoger a Josh Larkin. Fue su idea la que mató a Gord, y Rufe desea que esté con nosotros cuando vayamos a Bowdry."

"De seguro odiaría estar en los zapatos de Bowdry," dijo Hinton. "¿Crees que al señor Wadley le importaría si yo fuera y observara?"

"Solor te meterás en el camino," dijo Corky, sonriendo. "O la cabeza tonta saldrá disparada. Ahora será mejor que regreses a la ciudad, porque prefiero dejar pasar la luz del día a través de ti."

"Sé que solo estás bromeando," dijo Hinton inocentemente. "Pero solo por curiosidad, ¿cómo lo harías? Solo demorará un minuto en mostrarme."

Corky se encogió de hombros y refrenó, todavía sonriendo, dispuesto a complacer al novato, que se apartó un poco a un lado y giró su caballo para mirarlo, mirando expectante con sus grandes ojos brillantes.

"Así es cómo voy a hacerlo," dijo Corky, mientras su mano se dirigía hacia su arma.

Sus dedos apenas rozaron la culata cuando de repente se congeló, parpadeando sorprendido por el arma amartillada en la mano de Hinton. No le había visto sacar su arma, ni lo había visto moverse.

"Y así es como lo haría yo," dijo Hinton, y lanzó un gran agujero rojo a través del corazón de Corky Brill.

Bowdry y el grupo de Wadley escucharon el disparo aproximadamente al mismo tiempo, estando aproximadamente a la misma distancia, aunque en diferentes lugares. Ambas partes decidieron investigar, pero como Bowdry tuvo que ensillar su caballo, los otros llegaron a la escena antes que él.

Atando su caballo en unas rocas cerca de la carretera, miró a través de los cedros soplados por el viento a Rufe de pie junto al muerto, masticando el trozo de un cigarro muerto. Los otros estaban cerca, algunos en el suelo y otros todavía montados.

"Estaré condenado," dijo Rufe. "Dos muertos en un día."

"¡Lo sabía todo el tiempo que Bowdry estaba por aquí!," dijo Zeb. "¡Apuesto a que nos estaba mirando cuando estábamos hablando con ese tipo! Demonios, ¡puede que aún esté por aquí en algún lugar!" El hombre de barba roja barrió el área con una mirada aguda que parecía mirar directamente a Bowdry.

Rufe todavía estaba masticando su cigarro y mirando el cuerpo de Corky. Hablaba como para sí mismo. "Mi objetivo es ver morir a ese hijo de puta si es lo último que hago."

Bowdry no necesitaba que nadie le dijera quién era "ese hijo de puta." En silencio, aflojó las riendas y condujo al caballo pardo hacia los cedros que se agitaban bajo el viento frío, manteniendo las rocas entre él y los hombres de Wadley.

El disparo fue completamente inesperado. Pensó que todos estaban allí en el camino, amontonados alrededor del hombre muerto. Pero, evidentemente, uno de ellos había decidido explorar o le habían dicho que lo hiciera. Era el Clete Anson de cabello pálido, mirando por encima de una roca con un brillo salvaje en sus ojos verdes y gritando:" ¡Ahí va! ¡Es Bowdry!"

Bowdry soltó un bufido suave y amargo mientras se balanceaba a horcajadas sobre el castrado y se alejaba a toda velocidad, inclinándose para hacer un objecto de tiro lo más pequeño posible. Nunca creerían ahora que no había participado en el asesinato. Su presencia en el área tan pronto terminaría de condenarlo en sus mentes, si alguna vez habían albergado alguna duda. Nunca sospecharían del verdadero asesino, Miles Hinton, un hombre que, por algún motivo, parecía tener tanto odio para Bowdry como para los Wadleys.

Y Bowdry, por su parte, estaba empezando a odiar al hombre más de lo que odiaba a los Wadleys y sus parientes, incluso cuando creía haber matado al anciano Pollard.

Clete Anson, un hombre cuya vida había salvado Bowdry, mostró su gratitud disparando hasta que su pistola de cañón largo hizo clic en el vacío, y luego comenzó a gritar con entusiasmo para que los demás fueran tras el hijo de puta.

Estaban a punto de hacer eso, los que estaban en el suelo saltando sobre sus sillas de montar, cuando para su sorpresa, Rufe comenzó a gritarles que se quedaran donde estaban.

"¡Vuelven aquí, tontos!," rugió. "Todavía soy general de este ejército aquí, y ¡maldita sea! Nunca lo alcanzarán ahora antes de que él regrese a las rocas, ¡y él les quitará por la mitad con ese Henry cuando ustedes carguen la cresta!"

Clete corrió gritando roncamente:" ¿Por qué no todos ustedes lo persiguen? ¡Golpeé su caballo! ¡Lo vi tropezar! ¡Podríamos haberlo atrapado fácilmente!"

Algunos de los hombres gimieron por la oportunidad perdida, y uno de ellos dijo: "Tal vez todavía podamos atraparlo. Ese caballo puede irse un pedacito y caer muerto. Lo he visto suceder antes."

"¡Todavía estoy dando las órdenes por aquí!" ladró Rufe. "Ese caballo probablemente tropezó con una roca o algo así. Pero no importa, porque he tomado la decisión de que Josh Larkin será el próximo hombre que se caliente calzando trás de Bowdry. El no va a matar a mi hermano con sus estúpidas ideas y luego volver a casa y olvidarse de todo. Cob, usted y Rex vayan al rancho LR y traigan a ese bastardo consigo si tengan que atarlo a su caballo. Pero circulen alrededor de donde Bowdry para que no lo vierá pasar. No puedo permitir perder más hombres."

Bowdry estaba casi de regreso en la cresta bordeada de rocas que daba a la vieja cabaña Pollard cuando el caballo se derrumbó repentinamente debajo de si. En un momento, el castrado estaba corriendo con fuerza. Al siguiente, simplemente murió de pie. Los pies de Bowdry abandonaron los estribos y él dejó la silla de montar, saltando con el Henry. Cayó al suelo, rodó para romper su caída y clavó un cartucho en la cámara del Henry mientras se ponía de pie. Entonces, viendo que el caballo ya estaba muerto, volvió su atención a lo que estaba detrás de él. Pero, al parecer, habían decidido no seguirlo, dando por hecho que, con la ventaja, volvería a las rocas antes de que pudieran alcanzarlo. No deben haber sabido acerca del caballo.

Bowdry, sin embargo, era un hombre que no daba nada por sentado. Todavía podrían decidir ir tras él. Sin perder el tiempo, quitó el equipo del caballo muerto y lo arrastró por la empinada cresta hasta su escondrijo entre las rocas. Luego, tomando el rifle y la escopeta, se dirigió a su puesto de observación en la cresta, para observar a los hombres de 3-Bar y preguntarse por qué no vinieron.

Ahora, por primera vez, estaba realmente preocupado, no solo por su mente sino también por sus entrañas. Sin un caballo, se sentía como un hombre sin piernas. Nunca había tenido la intención de irse hasta que estuviera listo, pero ahora no podía irse, ni siquiera para ir a buscar provisiones, que necesitaba desesperadamente. Lo habían inmovilizado. Lo tenían atrapado.

CAPÍTULO 17

A Cob Jensen no le gustaba la tarea que tenía por delante. Deseaba que Rufe hubiera enviado a alguien más en su lugar. A él no le importaba la compañía de Rex Medlin. Rex era uno de los hombres nuevos y Cob estaba inquieto a su alrededor. Todo lo que Rex dijo lo hizo sentir aún más incómodo. Tenía miedo de que Rex los matara a los dos. Se sabía que Josh Larkin tenía un temperamento impredecible y era extremadamente rápido con esas pistolas de mango blanco que llevaba.

Rex era el más joven de los tres nuevos hombres que seguía vivo, el más ruidoso y, con mucho, el más imprudente. Era un joven de largas piernas y brazos largos, cabello rubio fibroso y una gran manzana de Adán. Llevaba el arma baja y miraba a todo y a todos con un desdén truculento en sus duros ojos marrones. Al igual que algunos hombres imprudentes y ahora muertos antes que él, se había jactado de que podía ir detrás de Bowdry por su propia cuenta. Bowdry, como Rex había dicho, no tendría ninguna posibilidad contra él.

Ahora estaba hablando de Josh en la misma manera.

"¿Cuánto más lejos está?," preguntó Rex.

"No estoy seguro," dijo Cob.

"¿Qué quieres decir con que no estás seguro?," preguntó Rex. "Ni siquiera sabes el camino de allí, ¿verdad?"

"Seguimos yendo hacia el sudoeste, ¿estamos listos para cortar el camino tarde o temprano?"

"¿Qué camino?" espetó Rex.

Cob tiró de su sombrero y estudió el sombrío país gris que tenía delante con ojos preocupados. Había rocas por todas partes, matorrales a lo largo del valle y cedros atrofiados en las colinas, pero no mucha hierba en ninguna parte. Y no vio ganado, ni ganado ni caballos.

"Me imaginé que les harían un rastro a la vieja choza de Pollard, lo mucho que iban por allí," dijo. "O esa mujer sí, y él va allí para traerla de vuelta."

"Tal vez no haya rastro," dijo Rex, mirando a Cob con una ira creciente. "Probablemente no van de la misma manera lo suficiente para hacer uno. Si no conocías el camino hasta allí, deberías haberlo dicho a Rufe que él pudiera enviado a alguien más."

"Ojalá lo hubiera hecho," dijo Cob.

"¿Tienes miedo?," preguntó Rex desdeñosamente.

"¿Por qué debería tener miedo?," preguntó Cob, sonrojado de ira. "¿No te tengo a ti?"

"Algo bueno también," dijo Rex. "No te preocupes, no. Si hay algún problema, puedo manejarlo. Solo mantente fuera del camino."

"No habrá problemas," dijo Cob, "porque le diremos lo que dijo Rufe."

"¡Como el infierno! Escuchaste lo que dijo. Dijo que debíamos recuperar a ese bastardo si teníamos que atarlo a su caballo."

"Rufe no siempre dice exactamente lo que quiere decir," dijo Cob. "Sé que nunca tuvo la intención de que discutiéramos con Josh. Eso no serviría para nada. Rufe no lo quiere muerto, y tampoco quiere que nos mate."

"Hablas como si pudiera atraparnos a los dos," se burló Rex.

"Dicen que es muy rápido," dijo Cob con preocupación. "Tal vez incluso tan rápido como Bowdry." Luego dijo: "Ahí están, Josh y esa mujer, Lucy. Parece que todavía se está montando del caballo pelirrojo fresa de Pollard. Ese no es un mal aspecto para un caballo."

"¡Esa no es una mujer de mal aspecto tampoco!," dijo Rex emocionante.

"Mejor ni siquiera mirarla," dijo Cob. "Larkin está loco de celos."

"Esa es su mala suerte," dijo Rex. "Si no quiere que nadie mire a su mujer, debería conseguir una que no valga la pena mirar."

Cuando se acercaron, Cob, siguiendo su propio consejo, evitó mirar directamente a la joven pelirroja y pechugona sobre el caballo moteado de rojo con la melena y la cola rojas. Pero él era muy consciente de su presencia a pesar de que mantuvo sus ojos cuidadosamente sobre Josh. El gran ladrón mostró una sonrisa de dientes pero los miró con ojos agudos y suspicaces para ver si prestaban demasiada atención a Lucy.

"¿Qué les trae ustedes chicos por este camino?," preguntó Larkin.

Cob se movió incómodo en su silla de montar. "Esa razón tiene una larga historia."

"No, no es asi," dijo Rex. "Rufe nos envió aquí para atraparte."

Larkin cortó sus brillantes ojos azules al joven desgarbado. "¿Que quiere él?"

"Vamos detrás de Bowdry y él quiere que estés con nosotros," dijo Rex maliciosamente, disfrutando de la expresión de inquietud que le vino a la cara. "Su hermano está muerto y cree que fue culpa tuya."

"¿Quieres decir que el viejo Gord está muerto?," preguntó Larkin con su inexplicable acento, aunque su cara registró un minuto de sorpresa. "¿Qué pasó?"

"Bowdry lo empujó en ese cañón por allí," dijo Rex con evidente satisfacción.

"Así es como se ve, de todos modos," agregó Cob. "No mucho después, mató a Corky Brill, que venía hacia acá para decírtelo. Cuando llegamos allí, Clete Anson miró a su alrededor y encontró a Bowdry fuera de la carretera en unas rocas, mirándonos. Se escapó, pero Clete dijo que golpeó su caballo. Así que Bowdry puede estar de pie ahora."

Cob sabía que Lucy lo miraba en silencio, pero mantuvo la mirada fija en Larkin.

"¿Quieres decir que no tiene caballo?" preguntó Josh. "¿Qué pasa con esa alazán que dijeron que tomó?"

"Nunca he estado tan seguro que robó esa acedera," dijo Cob. "Cuando fuimos a buscar a esos caballos, nunca vi ningún rastro que condujera a esa vieja choza."

"¿Quién más podría haberlo hecho?" preguntó Larkin. Luego, de repente, mostró sus grandes dientes en una sonrisa. "No piensas que fui yo, ¿verdad?"

"Oh, no," Cob dijo rápidamente. "Nunca pensé en eso."

"Estamos perdiendo el tiempo," dijo Rex. Él asintió con la cabeza a Larkin. "Vámonos."

"Ahora espera un minuto," dijo Larkin. "Esa no es mi pelea. Lucy quiere que me mantenga alejado y le prometí que lo haría."

"¡Como el infierno!" gritó Rex, con la cara roja de ira. "¡Es demasiado tarde para eso ahora! ¡Has matado a Gord con un gran plan que no funcionó! Cuando te das cuenta de que no funcionó, ¡pensaste que podrías volver a casa y olvidarlo! Bueno, no funciona de esa manera, señor! Rufe dijo que nosotros te traigamos y ¡eso es exactamente lo que pretendo hacer! ¡No quiero ningún argumento tampoco!"

Josh miró boquiabierto al estupefacto joven con asombro, sorprendido ante esta demostración inesperada de rabia e indignación. Él había asumido que los dos solo estaban entregando un mensaje y no tenían sentimientos personales en el asunto. Cuando recuperó su sorpresa, su propia cara se enrojeció y su voz tembló un poco con ira. "No me molestes, muchacho. Ni siquiera estás seco detrás de las orejas."

Rex se puso rígido y su mano se tensó como una garra cerca de su arma. "¡Pruébame!," gritó.

Una vez más, Larkin se quedó mirando boquiabierto al niño enojado, sorprendido por la amenaza de violencia repentina, que no había esperado y por lo que no estaba preparado. Estaba obviamente un poco conmocionado, y a Cob le pareció que estaba retrocediendo cuando dijo: "No voy a sacar armas a un chico de orejas húmedas. Solo me tendré que Rufe y ellos me persiguen."

"¡No, tú tampoco lo harías!," le dijo Rex. "¡Porque estarías muerto!"

"Diablos, tu ciertamente no podrías hacerlo," resopló Josh. "Simplemente no quiero tener ningún problema con Rufe y ellos. Si no fuera por eso, te mostraría una cosa o dos."

"Estás retrocediendo y lo sabes," dijo Rex, de repente tranquilo de nuevo, pero duro y despiadado en su juvenil desprecio. Él agregó el insulto final. "Eres cobarde."

Eso levantó a Josh en su silla de montar. "¿Quién es cobarde?," preguntó.

"Tu lo estás," dijo el chico, todavía en silencio, porque parecía estar convencido ahora de que Larkin no tenía los cojones para luchar contra él.

"Ya veremos," dijo Larkin. "Cuando llegamos por allí, le preguntaré a Rufe si está bien con él si te desafio."

"Me queda bien," dijo Rex, contento de esperar.

Josh giró su silla de montar y miró a Lucy, que lo miraba fijamente. Él tenía problemas para mirarla a los ojos. "Creo que será mejor que vaya a ver qué quiere Rufe," le dijo.

"Sabes lo que quiere," dijo. "Ya te dijeron lo que él quiere."

"Si no voy, tendré que matar a este joven rufián," dijo Josh.

"Entonces mátalo," dijo ella.

Los tres hombres la miraron sorprendidos. Parecía completamente tranquila e ignoró a las otros dos, manteniendo sus ojos en Larkin. Sus labios agrietados se juntaron sobre sus grandes dientes en una expresión de amargo resentimiento. "¿Y qué si tuvo suerte y me mató?," preguntó. "Tampoco te molestaría demasiado, ¿verdad?"

"Si vas allí," dijo," no vuelvas."

"Maldita sea, tengo que irme," dijo, su voz se alzó con ira. "No le tengo miedo a ese rufián de orejas húmedas, pero si lo mato, Rufe y ellos se enfrentarán a mí como si estuviera al lado de Bowdry. ¿Es eso lo que quieres?"

"Te serviría bien," dijo, tan despiadada como el chico duro y desdeñoso, Rex Medlin. "Nunca deberías de estar mezclado en eso. Intenté que te mantuvieras fuera de eso."

"¡Maldita sea, Lucy, ya sabes por qué me confundí!," dijo Larkin, perdiendo el control de su temperamento. "Fue culpa tuya. Siguías corriendo por esa vieja choza. Estaba fuera de mi cabeza con celos. Tú mismo lo dijiste."

"Todavía estás fuera de tu cabeza con celos," dijo. "Vi cómo tu cara se iluminó cuando los viste acercarse. Estabas esperando noticias de que Bowdry había muerto."

"No deberías culparme," dijo Larkin con amargura. "Volverás corriendo por allí la primera oportunidad que tengas."

"Acepté alejarme de allí siempre que te mantengas alejado de allí, y lejos de esa basura Wadley," dijo.

Cob, primo segundo de los Wadleys, bajó la cabeza avergonzado.

Porque él sabía que ella tenía razón. Todos eran basura. Rufe, a pesar de que últimamente se había estado dando aires y actuando como un barón del ganado en su rancho robado, estaba en la cima del montón. Pero Cob sabía que él también era basura, no tan malo como los demás solo porque no tenía los cojones para ser.

Josh Larkin estaba mirando a Lucy con el ceño fruncido. "¿Por qué tratas de proteger a Bowdry de todos modos? ¿Qué significa para ti, un extraño y todo eso?"

"Él no significa nada para mí," dijo. "Y creo que significa aún menos para él. Simplemente no quiero que hagas más tonto de lo que ya eres."

"Soy un gran tonto, es cierto," admitió Larkin con poca gracia. "Si no fuera así, nunca me confundiría contigo."

Ella se encogió de hombros con indiferencia. "Puedes irte en cualquier momento. Simplemente no vuelvas."

"Volveré," dijo. "Y será mejor que estés aquí."

"Ya veremos," dijo ella.

"¡Maldita sea, no vuelvas allá donde está Bowdry!" dijo Josh en un tono ascendente. "¿Tratas de matarte a ti misma? Ellos vendrán a visitar a Bowdry en cualquier momento."

"Y estarás con ellos, ¿no?," preguntó ella, mirándolo con sus ojos atentos.

"¡Con nosotros, infierno!," dijo Rex, con un bufido de risa desdeñosa. "¡Nos guiará! Rufe pretende ponerlo en el frente, donde será el primer hombre disparado."

"Ya veremos de eso," dijo Josh. "Iré allí y hablaré con él, pero no voy a decidir nada hasta que sepa cuál es su plan."

"Su plan es simple, no como antes," sonrió el niño. "Él apunta a atacar y apunta a que lideres el ataque."

Al llegar al 3-Bar, Josh dejó su caballo afuera y entró a la casa donde nunca había puesto un pie en el tiempo de Harris Thacker. Un conocido ladrón de caballos y ladrón de ganado que se aprovechaba de las acciones de Thacker, no había sido invitado, a pesar de sus propuestas amistosas. No había visto ninguna razón por la que él y Harris no pudieran ser amigos, siendo vecinos y todo, pero el ranchero había pensado lo contrario. Ahora Larkin estaba aquí a pedido del nuevo propietario, pero la invitación no había sido muy amable.

Rufe estaba entronizado detrás del escritorio de la oficina, del cual parecía pensar que un rey del ganado debería gobernar su imperio. Estaba fumando el último cigarro dejado por el antiguo gobernante. Él no se levantó y no le pidió a Josh que se sentara. Se sentó allí fumando su cigarro como si tratara de decidir si el ladrón de caballos debería ser disparado o colgado.

Josh no esperó el veredicto. En cambio, decidió ofrecer sus servicios a cambio de clemencia. "Escuché que estás a punto de ir a la caza de Bowdry," dijo. "¿Qué es el plan?"

La cara de Rufe Wadley se puso tan rojo que era fácil creer que habría fumado incluso sin el cigarro, que comenzó a masticar en una rabia lenta. "Ni siquiera me menciones esa palabra," dijo.

"Demonios, Rufe, fuiste el primero en oír hablar de un plan," dijo Larkin. "Cuando vine aquí por primera vez e intenté convencerte para que te fueras tras Bowdry, dijiste que necesitábamos un plan. Así que pensé en uno para ti. No puedes culparme si no funcionó."

"¡Diablos, no puedo!," rugió Rufe, levantando su grueso cuerpo de la silla y apuntando con un dedo a Larkin. "¡Bastardo, mataste a mi hermano!"

"Está bien, está bien, que sea de manera tuya," dijo Larkin rápidamente. "Sus chicos estaban haciendo bien en matarse antes de venir yo aquí. Pero no quiero discutir sobre eso. Lo haremos de manera tuya esta vez. Quiero que Bowdry muera tanto como tú. Muerto o agotado del país. Ninguno de nosotros vamos a tener paz mientras él esté cerca."

"Infierno, eso es cierto," estuvo de acuerdo Rufe. "Y está empezando a parecer que la única forma de atraparlo es subir a las rocas y perseguirlo. Es por eso que te necesitamos. Conoces ese lugar mejor que nosotros."

"Si haces eso," dijo Josh," aproximadamente la mitad de ustedes no regresarán."

"¡Te refieres a la mitad de lo que queda de nosotros!" gritó Rufe roncamente. "Si no lo atrapamos y malditamente rápido, ¡todos estaremos muertos! ¡Entonces puedes apostar que vendrá por ti!"

"Eso es lo que imaginé," dijo Josh, con los ojos azules nublados por el miedo. "Si él no sabe que traté de matarlo, Lucy se lo dirá la próxima vez que lo vea. Mujeres no pueden guardarse nada, incluso si saben que causará problemas y tal vez se mata a alguien."

"Conozco a algunos hombres como eso también," dijo Rufe, mirando duramente al ladrón. "¿Cómo lo descubrió ella? Ninguno de nosotros nunca se lo contó, ¡y nadie más lo supo, excepto usted!"

Josh movió los pies incómodo, queriendo estar en otro lugar. "Creo que ella lo supo sin que alguien se lo dijera," dijo. "Es como si supiera lo que haré antes de saberlo yo mismo. Cuando me fui para venir aquí no había decidido ir con todos ustedes após de Bowdry, pero ella ya sabía que eso es lo que haría. Ella probablemente irá directamente allí y se lo contará. Los jinetes del pony express nunca deberían haber sido hombres. Deberían haber sido mujeres, de la misma manera que llevan noticias y chismes."

"¿Demonios, por qué no la acaparaste?" rugió Rufe, su cigarro saltando en su boca.

"Eso no es tan fácil," dijo Josh, frotándose la parte posterior de su cuello. "Esa es la chica más fuerte que he visto, y la mejor luchador. Sé que ella no lo ve, pero lo es. Podría abater con una mujer grande y gorda sin ningún problema."

Rufe se quitó el cigarro de la boca y de repente rió a carcajadas. "¿Crees que ella podría matar a un hombre gordo?," preguntó. "Enviarla aquí. Me encantaría ponerla en manos mios."

Josh bajó la cabeza y miró a Wadley bajo sus cejas. "No hables así, Rufe," dijo en voz baja, como si esperara que el hombre grande no lo oyera.

Rufe se devolvió el cigarro a la boca y dejó de reír. "No quiero esa mujer tuya," dijo. "Si lo hiciera, iría allí y la llevaría. No es que sea un problema, por lo que he oído. Y lo que sea que pienses, a las mujeres les gustan los hombres gordos."

"Nunca dije que no lo hicieran," dijo Larkin con tono preocupado.

"El hecho es," Rufe retumbó, sacudiendo la ceniza de su cigarro, "cuando escuché cuán bella era esa chica Lucy, pensé que ella tenía un buen chico de tamaño grande con algo de carne en los huesos para mantenerla caliente en las noches frías. Me sentí un poco decepcionado cuando vi lo alto y flaco que eres. Pero algunas mujeres no tienen gusto."

"Soy alto, está bien," dijo Larkin, el resentimiento y la malicia se apoderaron de su tono, "y creo que me veo demasiado flaco para un hombre de tamaño tuyo."

Rufe se rió de manera explosiva e inmediatamente dejó de reír. Hizo un gesto con su cigarro antes de volver a ponerlo en su boca. "Sal de aquí," dijo. "Estoy cansado de mirar a un bastardo tan feo y alto."

Josh se dio vuelta para irse, pero vaciló en la puerta. "¿Cuándo vamos a ir para Bowdry?," preguntó.

"Te lo haré saber," dijo Rufe, volviendo a sentarse. Le sonrió a Larkin. "Vas a liderar el ataque."

Cuando Josh salió, encontró al niño, Rex Medlin, y a varios otros holgazaneando cerca del enganche donde estaba su caballo.

"¿Le dices a Rufe que me ibas a desafiar?," preguntó Rex.

Josh miró boquiabierto al chico duro e implacable. Parecía que tenía enemigos en todas partes donde se volvió. Eso tampoco parecía correcto, considerando que siempre había tratado de ser amigo de todos. Ahora le parecía que había salido de su camino para llevarse bien con sus enemigos. ¿Por qué lo habían vengado así? Rufe, un hombre al que había venido a ayudar, ya estaba conspirando para quitarle a su chica cuando todo esto terminara.

Pero no quería problemas, especialmente cuando estaba tan mal superado en número, y no tan rápido en el sorteo como había inducido a la gente a creer. Así que logró una sonrisa enfermiza y dijo:" No, ya me había olvidado de eso. Pensé que tú también lo harías."

Rex miró a los demás como diciendo: Mira a qué me refiero. Sin cojones. Cobarde de dentro afuera. Se tomó su tiempo para rodar, encendió un cigarrillo Bull Durham, puso el fósforo a los pies de Larkin y dijo: "Bueno, espero que estés de buen humor cuando vayamos tras Bowdry. Odiaría como el infierno cargar esas rocas detrás de un líder que no tiene los cojones."

CAPÍTULO 18

Desde su puesto de observación en las rocas, Bowdry vio a Lucy descender por la loma oeste sobre el ruano fresa, llevando un lustroso caballo oscuro sobre un cabestro. Se pasó más allá de la choza y se detuvo cerca de la charca, mirando hacia las rocas.

Por una vez, se alegró de verla, aún más contento de ver los caballos, y no la hizo esperar. Salió de las rocas con el Henry y miró brevemente al castaño oscuro, luego se encontró con la mirada directa y brillante del jinete. Tenía ojos audaces, no había forma de evitarlo. Ella era una mujer valiente.

"Pensé que podrías necesitar un caballo," dijo. "Escuché que el tuyo recibió un disparo."

"No le prestaría demasiada atención a las charlas ociosas," dijo Bowdry, incluso mientras lanzaba otra mirada de admiración al castaño castrado.

"¿Le gusta?," preguntó ella. Cuando Bowdry solo se encogió de hombros, añadió, "Lo cambiaré por este viejo ruano."

Bowdry negó con la cabeza. "Será mejor que me quede con el ruano."

"¿Por qué?," preguntó ella. "El castaño es un caballo mejor."

"Mejor aspecto de todos modos," dijo Bowdry. "Pero sé que el ruano no es robado."

Su rostro se enrojeció detrás de las pecas. "Y no estás seguro sobre el castaño, ¿verdad?"

Bowdry simplemente se encogió de hombros.

"Bueno, como cuestión de hecho, sí es robado," dijo Lucy con una pequeña sonrisa. "Josh lo robó de Harris Thacker unos años atrás. Pero no pensé que importaría, ya que tienes tantos problemas. Y los Wadley afirman que robaste una acedera de ellos.

"Eso es noticia nueva para mí," dijo Bowdry. "De hecho, si estaba pensando en robar uno de sus animales porque dispararon el mío, pero aún no había llegado a eso."

"Entonces no deberías objetar a un caballo robado de 3-Bar," dijo Lucy. "Me gustaría mantener al ruano. De alguna manera me he apegado a él. Somos viejos amigos."

"Odio separarle de ti," dijo Bowdry, estudiando la cabeza roja y roma del caballo moteado. "Pero me gustaría tenerlo yo mismo."

"¿Por qué?," preguntó Lucy, perplejidad en sus ojos y su voz. "Afirmas que el viejo hombre no significaba nada para ti, entonces ¿por qué deberías preocuparse por su caballo?"

"¿Qué significaba él para ti?," preguntó Bowdry, estudiándola con los ojos entrecerrados.

"Era solo un hombre viejo por quien sentía pena," dijo. "Estaba sólo en el mundo, y sé lo que es estar sólo. He estado muy sola yo misma."

Bowdry, que había estado solo más que la mayoría, no ofreció ningún comentario. Miró al castaño. Si no mirabas de cerca, el caballo se veía como uno de los tonos más oscuros de la bahía, porque tenía la melena y la cola negras. Pero una bahía tan oscura tendría medias negras, y este caballo no las tenía.

"Supongo que no importa," dijo, después de un tiempo. "Como dices, ya estoy en problemas, un caballo robado no hará mucha diferencia. Y si mantuve el ruano, alguien podría tener la idea de que maté al viejo y tomé su caballo."

Lucy lo miró asustada. Luego miró al ruano y dijo: "No había pensado en eso. Ahora no sé, ya que quiero mantenerlo. Alguien podría pensar que maté yo al anciano."

"¿Lo hiciste?" preguntó Bowdry después de mirarla en silencio por un momento.

Su rostro palideció detrás de las pecas y ella lo estudió cuidadosamente, sus ojos no eran tan brillantes y audaces como antes. "Eso no es muy divertido," dijo en voz baja.

"Lo que pasó a ese anciano tampoco fue muy divertido," dijo Bowdry, sin fruncir el ceño, pero cerca de eso. "Alguien por aquí lo mató. No creo que haya sido Larkin ni ninguno de los Wadley, y eso deja pocos sospechosos."

"Así que eliminaste a los posibles sospechosos y comenzaste con los improbables, ¿no es así?," preguntó Lucy, mirándolo con una expresión inmóvil y extraña en los ojos.

Bowdry se encogió de hombros incómodo. "Sé que suena loco. Solo lo dije porque no conozco a nadie más que haya venido por aquí. Solo el grupo de Wadley tratando de asustarlo, y tú y Larkin.

"¿No estás pasando por alto a alguien?," preguntó ella.

Bowdry la miró con curiosidad. "¿Quien?"

"Tú," dijo ella.

"Sí, ahí estoy yo," admitió.

"Estuviste por aquí mucho antes de que lo mataran," dijo Lucy. "¿Cómo sabré que toda esta charla no es solo para alejar la sospecha de ti mismo?"

"Me imagino que eso es lo que mucha gente pensaría," dijo Bowdry.

"¿Lo mataste?," preguntó ella.

Bowdry sonrió débilmente y negó con la cabeza. "No, no lo maté. Tal vez un poco a la vez, de otras maneras. Pero nunca lo apunté con un arma. Hubo momentos en que yo quería. Era un viejo parlanchín y duro como el infierno para llevarse bien. Pero no fui yo."

"Él realmente era tu padre, ¿no?," preguntó Lucy.

La cara de Bowdry pareció convertirse en piedra. "Ya hemos pasado por eso," dijo en voz baja.

Lucy frunció el ceño con perplejidad. "Si él no fuera tu padre, no entiendo por qué estás tan decidido a encontrar a la persona que lo mató. Me doy cuenta de que hemos pasado por eso también, pero todavía no lo entiendo. Las personas son asesinadas todo el tiempo y generalmente nunca se hace nada al respecto."

"Es por eso," dijo Bowdry. "Sucede demasiado. He decidido que cualquiera que pueda hacer algo al respecto, debería hacerlo, especialmente donde no hay ley o la ley no hará nada."

"Mata a los asesinos, ¿no es así?," preguntó, como si estuviera un poco horrorizada por la idea.

Bowdry asintió. "Asi es."

"¿Y qué te hace eso?," preguntó ella.

"Me convierte en un asesino," dijo. "Pero hay una diferencia. Pero si no puedes verlo, no puedo explicártelo."

"¿Y qué pasa si estás equivocado?," preguntó ella. "Pensaste que Hunk y los otros dos mataron al Sr. Pollard, entonces los mataste. Luego descubriste que no eran ellos, pero están igual de muertos."

La cara de Bowdry se torció en una expresión que bordeaba el dolor, y líneas profundas aparecieron donde ninguna había estado un momento antes. Era la única vez que Lucy había visto cambiar tanto su duro rostro desgastado. "Es por eso que odio matar a más de esos bastardos," dijo. "Estoy convencido de que la mayoría de ellos necesitan ser matados por otras cosas, pero odio hacerlo cuando creen que están en lo cierto."

La boca de Lucy se abrió con asombro. "Eres un tonto," dijo ella. "Te matarán si tienen la oportunidad y no pensarán de nada."

Bowdry la estudió pensativo, con una sonrisa en sus ojos sombríos. "¿Qué estabas diciendo hace un minuto?"

"Olvídate lo que estaba diciendo," le dijo. "Ahora estoy hablando de seguir con tu vida. Esa es la única diferencia que tiene sentido para mí. Este no es el momento para comenzar a preocuparse por tu conciencia o preguntarte si esa basura necesita ser asesinada. Intentaron atraparte desde el principio. Eso es lo que Hunk y los otros dos estaban haciendo aquí el día que los mataste. Rufe los envió a matarte."

"¿Lo sabes con certeza?" preguntó Bowdry, su voz tan dura como su rostro.

Ella asintió. "Josh los escuchó hablar sobre eso, y él me lo dijo. Entonces, ya sea que lo supieras en ese momento o no, tuviste el motivo principal en el mundo por matar a esos tres. Si no lo hubieras hecho, te habrían matado."

"Bueno, bueno," murmuró Bowdry para sí mismo. Parecía inmensamente aliviado, como si una gran carga se hubiera borrado de su mente. Él casi estaba sonriendo. Luego, de repente, miró a Lucy y preguntó:" ¿Los oyó decir algo sobre el viejo?"

Ella miró hacia otro lado. "No mucho. Pero escuché lo suficiente como para saber que planeaban matar al señor Pollard si no lograban asustarlo. No creo que ninguno de ellos sabían con certeza si Hunk y los dos lo mataron o no esa noche cuando fueron a la ciudad. No creo que hayan dicho nada al respecto, pero los demás no están tan seguros que no lo hicieron."

"Pensé que eran ellos, o uno de ellos, hasta que me di cuenta de que las huellas de caballo habían sido hechas por el Appaloosa de Larkin," dijo Bowdry. "Puede llegar a ser él después de todo."

"¿Te refieres a Josh?"

Bowdry asintió.

Lucy se apartó el largo pelo rojo del cuello con ambas manos y se abrochó la chaqueta de mezclilla hasta la parte superior. El sol se había puesto y el viento se estaba enfriando. Iba a ser una mala noche.

"Hay algo más que deberías saber," ella dijo finalmente. "Josh regresó allí. Dos de ellos vinieron a buscarlo y él fue con ellos. Creo que planean atacar este lugar y querían que estuvo con ellos, no estoy seguro de por qué. Te lo hubiera dicho más antes, pero quería tener la oportunidad de hablar contigo y temía que me hicieras daño cuando te enteraras de eso."

"No es solo por malos modales que no te ha pedido bajar," dijo Bowdry con dureza, agarrando las riendas de la castaña. "Ahora vete de aqui."

"No hay ningún peligro todavía," dijo. "Josh y ellos no están mucho más allá de llegar allí ahora. Puede que no te molesten esta noche." Estudió a Bowdry pensativa a la luz que se desvanecía. "¿Nunca te sientes solo por una mujer con quien hablar?"

"Las mujeres no me molestan cuando no están cerca," dijo. "No mucho del tiempo de todos modos."

Ella rió suavemente, mirándolo con su mirada brillante, todo lo demás olvidado por el momento. "¿Alguna vez te casaste?," preguntó ella.

"Seguramente elegiste un tiempo del infierno para abordar ese tema," dijo con impaciencia, mirando a las rocas.

"¿En ningún tiempo?"

"Lo intenté una vez," dijo.

"¿No funcionó?"

"Funcionó por un tiempo," dijo. "No por mucho tiempo. Casi la mitad de las veces tuve la sensación de que me estaba culpando por algo que no sabía que había hecho."

"La mayoría de las mujeres son así," dijo Lucy. "Simplemente pensé que todos lo sabían."

"Tal vez todos los demás lo supieron, pero yo no lo supe," dijo Bowdry, examinando la vacía cresta norte con ojos sombríos. "Volvió con su gente y volví a estar sola. Esa es la mejor manera. Para mí es la única manera."

"Estaba empezando a tener esa sensación," dijo Lucy, un poco triste. "Parece que algunas personas estaban destinadas a estar solas. Supongo que eres uno de ellos."

Los labios de Bowdry se torcieron en una sonrisa irónica y melancólica. "Creo que lo sabía desde el principio. Me parece recordar algunos de esos pensamientos que pasaron por mi mente cuando estábamos parados frente a ese pastor. Pero pensé que sería mejor que lo intentara, en caso de que estuviera equivocado. Ella era una chica muy linda."

"No te ves muy feo tampoco," dijo Lucy. "Cuando te vi por primera vez tuve la tonta idea de huir contigo. Tal vez ir a una gran ciudad donde hay mucha gente y muchas cosas buenas. Solo tengo una vida y no quiero gastarla en un lugar muerto como este."

"Temo que hayas escogido al hombre equivocado," dijo Bowdry, con los ojos sombríos y distantes. "Si salgo de aquí con vida, no iré a ninguna gran ciudad. No me quedaría mucho tiempo de todos modos. Eso sería lo último que quiero."

Lucy se encogió de hombros, la luz en sus ojos parecía desvanecerse con el crepúsculo. "Dije que era una idea tonta. Probablemente me sentiría fuera de lugar en una gran ciudad. He estado aquí en estas colinas durante tanto tiempo. Pero una niña puede soñar, ¿verdad?"

"No es una idea tonta," dijo Bowdry. "Simplemente no soy el hombre correcto."

"No creo que yo sea la chica adecuada tampoco," dijo Lucy, después de un momento. "Creo que he sabido por mucho tiempo que no estoy hecho para nada más que la clase de vida que tengo ahora, viviendo con un ladrón sin cuenta. Josh y yo somos dos de una clase, simplemente no me gusta admitirlo."

"Será mejor que lo mantengas alejado de los Wadley, si quieres quedar con vida," dijo Bowdry.

"Traté de que Josh no volver allí," dijo. "Accedí a no volver más aquí si él te dejaba en paz y se mantuvo alejado de ellos. Cuando rompió su promesa, rompí la mía. Le dije que no volver al rancho LR. Pero he dicho eso muchas veces y él sabe que no significa nada. Si él todavía está vivo cuando esto termine, probablemente lo llevaré de vuelta, conociéndome. Supongo que pertenecemos juntos."

"Si viene aquí con ese grupo que intenta matarme, puede ser que no sobrevivirá," dijo Bowdry en un tono duro. "Ya lo dejé ir una vez cuando debería haberlo matado. Él y algunos de los otros también. Eso no volverá a suceder."

"No puedo culparte por eso," dijo Lucy. "Tengo la sensación de que nunca volveré a ver a Josh con vida. Y eso podría ser lo mejor que podría pasar. Me refiero a mí. Nos va a hacer colgarnos a los dos con su robo. Ya se ha hablado de atarnos a los dos o echarnos del país. Si tuviera cerebro, saldría antes de que eso ocurra, con o sin Josh."

"Lo aconsejo fuertemente que haga eso," dijo Bowdry en un tono distante. Todavía no se había movido. Parecía alejarse más de ella cuando las sombras se cerraron a su alrededor.

Lucy alzó la vista hacia las enormes rocas que se alzaban en el crepúsculo y se estremeció. "Mejor me voy. No quiero quedar atrapado aquí y tener que pasar la noche en este lugar. He estado aquí antes por la noche, pero parecía diferente entonces. Ahora, hay el olor de muerte en este lugar."

"Hay muerte en este lugar," dijo Bowdry," y habrá más."

"No quiero verlo," dijo. "Supongo que no soy tan valiente como pensé que era."

"Gracias por traer el caballo," dijo, agarrando el cabestro de la castaña. "Lo recordaré."

"Favof de mantenerte vivo," dijo, mientras giraba el ruano. "Pero si te encuentro muerto la próxima vez que venga aquí, te enterraré, en caso de que eso te importe."

"No es así," dijo. "Pero gracias de cualquier manera."

"¿Crees que todavía estarás aquí?," preguntó ella. "Si todavía estás vivo, quiero decir?"

"Si no lo soy, podrías poner algunas flores en la tumba del anciano de vez en cuando cuando pases por allí," dijo. "Creo que alguien debería hacerlo."

"Cuidaré de su tumba, si no decido irme sola." A punto de irse, ella vaciló, giró la montura para mirar a Bowdry. Pero para entonces ya era demasiado oscuro para que cualquiera pudiera ver el otro con claridad. "Desearía que fueras el hombre correcto y yo fuera la chica adecuada," dijo. "Pero tengo la sensación de que es demasiado tarde para los dos."

"De cierto modo tuve ese mismo sentimiento también," acordó Bowdry.

CAPÍTULO 19

Bowdry le dio agua al castaño y lo condujo por un tenue sendero hasta el recinto amurallado, luego se sacudió las huellas y se inclinó cerca del suelo bajo la luz debil de la luna. Lo hizo principalmente por costumbre, casi sin pensarlo, porque encontrarían al caballo en cualquier caso después de que lo mataran, a los que quedaban. Y matarlo lo harían, si todos vinieran a la vez. Nada lo salvaría ahora, ni precaución, ni habilidad, ni truco ni estratagema. Un hombre, por bueno que sea con armas de fuego, no tendría muchas posibilidades contra una docena.

Su única esperanza era ensillarse y desaparecer cuando llegaran. Pero eso él no podía hacer, siendo el tipo de hombre que era. Nunca había considerado seriamente correr, y no lo consideró ahora.

Lucy, con la intuición de una mujer, sabía que no serviría de nada pedirle que se fuera, de salir mientras pudiera. Se había dado cuenta de que tal sugerencia sería casi un insulto.

Cuando hubo borrado las huellas hasta el pozo de agua, Bowdry se inclinó para tomar un trago y se levantó para dirigir su mirada a lo largo de la oscura arista que rodeaba el cuenco. En su mente, marcó los lugares donde había colocado las armas y municiones capturadas, y trazó las mejores rutas para llegar a esos puntos de varios lugares en las rocas, en caso de que tuviera que rearmarse a sí mismo con prisa. Ensayó cada movimiento que haría, la forma en que giraría, la dirección y la distancia hasta el arma oculta más cercana, cómo tomaría el arma y como la usaría.

Pero sabía que el arma más cercana podría estar demasiado lejos, y su mejor garantía sería mantener muchas armas cargadas en su persona o al alcance de la mano. Con esto en mente, se desvaneció en las sombras y reapareció poco tiempo después con dos bandoleras de cartuchos en el pecho, dos pistolas más en el cinturón y la escopeta Greener atada a su espalda. El Henry llevaba en la mano mientras merodeaba entre las rocas esa fría noche de viento, deteniéndose a menudo para mirar y escuchar.

Una vez bajó hacia la choza y se detuvo en la tumba. "Viejo, de verdad, quiero que pudieras hablar," dijo en un tono casi carente de sentimiento o emoción. "Me gustaría conseguir quien te mató antes de que me atrapen. Creo que te debo eso."

Pero si el anciano oyó, no podía responder, y Bowdry volvió a subir a las rocas de la colina. Observó las sombras cercanas y la oscuridad distante con ojos que estaban alertas pero sin miedo, casi sonriendo con sombría anticipación. Este era el tipo de cosas en las que era bueno y, a pesar de sí mismo, estaba disfrutando la situación. Podrían atraparlo, probablemente lo harían, pero él bajaría con sus armas encendidas y se llevaría a algunos de ellos con él. Aquellos que sobrevivieron nunca volverían a ser lo mismo después, nunca volverían a dormir lo suficiente, no debido a los nervios destrozados. Podrían presumir de matarlo, pero por la noche su rostro los perseguiría y desearían a Dios que nunca lo hubieran visto.

Pensar en su propia muerte no perturbó mucho a Bowdry. La muerte todavía parecía lejana e irreal, y podía pensar en ella con indiferencia e incluso con una extraña sensación de euforia. Por más que pareciera irreal e indolora, la certeza virtual de ello lo liberó de las consecuencias de los errores del pasado y las preocupaciones futuras. La muerte fue el gran escape, la solución a todos los problemas.

Sin embargo, sabía por experiencia que se sentiría diferente cuando la amenaza de violencia y derramamiento de sangre comenzara a ser realidad. Entonces el miedo frío le haría un nudo en las tripas, y la vida en cualquier término parecería lo único que importaba.

Barney Corvin estaba atormentado por una cara, pero no era la cara de Bowdry. Era el rostro del hombre al que todos llamaban tierno y se reían de él. Para Corvin no había nada gracioso en Miles Hinton. Había conocido a muchos asesinos mortales en su época, y no tenía dudas de que Hinton era un asesino del peor tipo, uno que tomó por sorpresa a sus víctimas y no les dio ninguna oportunidad. No porque fuera un cobarde, sino simplemente porque prefería evitar cualquier riesgo innecesario.

Los otros parecían pensar que Bowdry estaba haciendo todo el asesinato y una vez que lo eliminaron sus preocupaciones tendrán un fin. Pero Barney creía que el asesinato continuaría hasta que ninguno de ellos quedara con vida.

Él decidió que era hora de salir. Hasta ahora, nada se ha dicho sobre el pago. Tendría suerte si recibía un salario de vaquero por arriesgar su cuello, y no le gustaban los Wadley lo suficiente como para morir por ellos. Zeb parecía estar bien cuando quedaron atrapados en esa vieja choza. Pero ahora, de vuelta con los demás, parecía igual que ellos. Y al contar sobre la experiencia, hizo que parecía que él, Zeb, había burlado al tramposo y traicionero Bowdry, logró su escape y los mantuvo con vida, mientras que Barney acababa de acompañarlo, necesitaba alguien para cuidarlo y asegurarse de que no los mató a los dos. Por más que lo intentara, Barney no podía recordarlo de esa manera.

Miró y escuchó mientras Zeb hablaba, y Zeb continuó como si él ni siquiera estuviera escuchando a sus mentiras. Al parecer, Zeb se había encontrado a sí mismo como un nuevo amigo: Josh Larkin, un ser arrastrado y con los dientes grandes. Los otros, sin oportunidad de hablar, principalmente escucharon a estos dos, de vez en cuando haciendo una pregunta. Estaban todos en el angosto barracón esperando órdenes de Rufe para ensillarse. Como de costumbre, Rufe tenía la casa principal para él solo. Incluso cuando Hunk y Gord estaban vivos, ellos habían dormido en el barracón, les gustaba la compañía fácil de" los chicos" y preferían mantenerse lo más lejos posible de su hermano mayor intimidante.

Desde su litera cerca de la puerta, Barney estudió a los demás. El barrigón de barba roja, Zeb, y el sonriente Josh, todavía de pie en el pasillo cerca de la litera de Zeb, tratando de superar al otro. Los otros estaban acostados en sus literas o sentados en ellos. El niño de cara dura y burlona, Rex, que había viajado hasta aquí con Barney y sus amigos, pero ahora los miraba con una indiferencia que rayaba en el desprecio. El de ojos locos, Clete Anson, que hablaba muy poco o demasiado, por turno, ahora escuchaba porque tenía pocas oportunidades para hablar. Cob Jenson, un joven con problemas, yacía en su litera parpadeando sus ojos con montura roja como si su mente luchara con un problema que no podía resolver. En la litera sobre la de Jenson yacía Bones Grogan, de bigotes grises, sus grandes y trágicos ojos negros mirando al techo. El joven bizco llamado Crom tenía la boca abierta y la barbilla doblada a un lado mientras distraídamente se hurgaba la nariz. Barney nunca había aprendido su apellido. Los sonrientes hermanos Swink, Chuck y Tub, uno alto y gordo, el otro bajo y fornido, con rostros de barba pálida tan parecidos que podrían haber pasado por gemelos, pero no lo eran. Eran parientes de los Wadley y miembros de pleno derecho del clan.

Alguien había desaparecido: Gil Darby. Aunque había viajado con Gil durante años, Barney a menudo desconocía su existencia, y no se había dado cuenta de que Gil no estaba en el barracón. Tanto si Gil hablaba como si guardaba silencio, era muy fácil olvidar que estaba cerca y no darse cuenta cuando él no estaba allí. Pero a Barney le gustaba el pequeño hombre oscuro. Gil nunca causó ningún problema, pero se podía confiar en él cuando lo necesitaba.

A Barney se le ocurrió que nadie en el barracón parecía consciente de su existencia. Al menos, nadie le estaba prestando atención en este momento. En silencio, se puso el sombrero y la pistola, abandonó el barracón al atardecer y se dirigió al corral, donde encontró a Gil posado en la barandilla superior como un buitre dormido, andrajoso y escuálido bajo el viento frío. Gil miraba a los caballos hurgar en el corral, sus colores se desvanecían con la luz en una oscuridad indistinguible. A Gil le gustaban a los caballos mejor que a las personas y nunca se cansaba de mirarlos.

"Creía que te encontraría aquí," dijo Barney, apoyándose en el corral junto a Gil. Estaba casi tan alto de pie en el suelo como Gil estaba acurrucado en la baranda superior.

Gil escupió zumo de tabaco y se enjugó la boca, luego se llevó el pulgar al hombro. "Está un poco grueso allí con ellos hablando asi."

Barney echó un vistazo al barracón, luego a la casa principal, donde la luz de la lámpara ya se veía a través de las grietas en la ventana tapiada de la oficina. Rufe todavía estaba allí masticando el último trozo de su cigarro y tratando de idear un nuevo "plan" que funcionaría contra Bowdry, aunque ya no usaba la palabra ni permitía que nadie más lo hiciera.

La ventana tapiada le recordó a Barney que no estaba segura en ninguna parte, ni siquiera aquí en el rancho. Echó una mirada penetrante a las sombras y la oscura ladera más allá del corral, y luego dijo en voz baja: "He estado queriendo hablar contigo, Gil. Creo que es hora de que nos vayamos de aquí antes de que sea demasiado tarde. No dije nada al chico. No creo que él querrá ir, y él podría incluso advertir a los otros de grupo aquí. Él no puede esperar para ir tras Bowdry."

"Nunca confié en ese niño, de todos modos," dijo Gil. "Fue idea de Whitey dejarlo acompañarlo. Parecía encontrar al niño entretenido."

"Ese niño es tan bueno como una vieja serpiente de cascabel," dijo Barney. "Y obtendrá lo que se merece cuando persiga a Bowdry. Pero no creo que haya sido Bowdry siguiendo a yo y Zeb ninguna de las veces. Fue ese Miles Hinton, y quiso matarnos."

Gil lo miró sorprendido. "¿Te refieres a ese tipo?"

"No es un tipo," dijo Barney. "No sé cómo llegaron a tener la idea de que era uno. Llevar ropa bonita y lavarse de vez en cuando no lo hacen un tipo. Apuesto a que puede montar y disparar o hacer cualquier otra cosa mejor que este grupo aquí."

"Eso no dice mucho," gruñó Darby, escupiendo de nuevo. "¿Alguna vez viste a tantos muchachos gordos en un solo lugar? Me sorprendió que Rufe incluso pudiera subirse a un caballo por su cuenta."

Barney miró de nuevo a la casa, y luego murmuró:" Me gustaría tener el sueldo que nos merece. Pero no creo que no tenga dinero en efectivo a mano, y trataría de evitar que nos vayamos. Nuestra mejor opción es escabullirnos sin decir una palabra a nadie."

"Estoy listo cuando lo estés," murmuró Gil. "Y creo que ahora mismo es un momento tan bueno como cualquier otro. Uh-oh."

Justo en ese momento se abrió la puerta de la casa y Rufe gritó en voz alta:" ¿Quién es ese ahí abajo?"

"Barney y Gil," dijo Barney.

"¡Justo los dos que quiero ver!" rugió Rufe. "¡Ven aquí, muchachos! ¡Quiero hablar con ustedes!"

Barney y Gil se miraron alarmados, preguntándose si Rufe tenía la intención de enviarlos a alguna misión peligrosa que los hiciera morir, justo cuando estaban a punto de huirse. Cruzaron hacia la casa y entraron arrastrando los pies por la puerta, siguiendo a Rufe hasta su pequeña oficina.

Rufe colocó su enorme bulto en la silla detrás del escritorio. No más viejo que Barney, y unos diez años más joven que Gil, asumió un aire paternal, severo pero amable. La severidad se mantendría, pero si se cruzaba la bondad se borrará en una explosión de ira.

Él no les pidió que se sentaran. De hecho, no había lugar para que se sentaran. Pero él tenía una sonrisa para calmarlos. No lo hizo. Una mueca en su hinchada cara roja los hubiera preocupado mucho menos. Porque no era como si Rufe le sonriera por su ayuda a menos que tuviera algo bastante malo en mente para ellos. La "ayuda" incluía a todos en el rancho, parientes de sangre y todo. "Ustedes, muchachos, nunca han estado en la ciudad, ¿verdad?," preguntó.

Sorprendidos por la pregunta, simplemente negaron con la cabeza.

Rufe se frotó las regordetas manos juntas enérgicamente. "¡Bueno! No te conocerán de Adán. Pensarán que son un par de vagabundos que pasan.

Simplemente parpadearon en silencio, preguntándose a qué se estaba dirigiendo.

"Esto es lo que tengo en mente, muchachos," dijo Rufe, yendo al grano. "Bowdry ha conseguido la mayoría de nuestras armas. No tenemos rifles, y apenas suficientes pistolas para todos. Las armas son condenadamente caras y en este momento nos queda poco dinero en efectivo aquí. Así que lo que quiero que hagan ustedes, muchachos, es ir a la tienda general de la ciudad y traer de vuelta todas las armas y municiones que puedan llevar, así como también todo el dinero que tenga a mano. Ah, y tráiganme una caja de los mejores cigarros que hay. Estoy recién agotado. Puedes llevar a ese niño contigo si quieres. Nadie lo conocerá tampoco."

Gil se tragó su jugo de tabaco. Barney finalmente encontró su voz y tartamudeó, "Nos gustaría ir por nosotros mismos. Ese niño es imprudente."

Rufe sonrió y asintió. "Eso es lo que imaginé. Es por eso que nunca lo llamé aquí. Ustedes chicos pueden manejarlo de todos modos. Pero es mejor que comiencen pronto. Esa tienda cierra alrededor de las nueve. Si no lo hacen para entonces, tendrán que entrar para robar. Necesitamos muchísimo a algunos rifles, Winchesters si los tiene, y tantas pistolas como puedan. Tal vez incluso algunas escopetas."

Barney y Gil se miraron, y luego Barney dijo: "Bueno, creo que es mejor que empecemos."

"No tendrán problemas para encontrar la ciudad," dijo Rufe. "Solo sigan por el camino. Les guiará hasta la ciudad. Pero cuando comiencen de volver, ven hacia el norte y luego hagan un círculo alrededor, en caso de que alguien intente seguir su rastro por la mañana. Dudo que lo hagan," agregó con una sonrisa. "No hay alguacil o policía allí, y los ciudadanos tienen miedo de su propio sombra."

"Bueno, creo que es mejor que empecemos," dijo Barney nuevamente. "Es posible que lleguemos tarde en devolver, si hagamos un amplio recorrido para desviarlos de nuestro camino."

"Solo trata de regresar antes del día, para que nadie te vea," dijo Rufe.

Asintieron y se volvieron hacia la puerta, ansiosos por escapar.

"Esperen un momento," Rufe gruñó, perdiendo su sonrisa amistosa. "Hagan que parezca que buscan dinero en efectivo y cuando no encuentren lo suficiente, fingen que simplemente decidieron por el momento tomar algunas armas. Háganle pensar que intentan vender las armas más tarde, para que no se pregunte qué planean hacer con ellas."

"Buena idea," dijo Barney, mientras Gil masticaba su tabaco en silencio. "¿Algo más?"

"Eso es todo," dijo Rufe, mirándolos con el ceño fruncido. Luego, de repente, sonrió de nuevo. "Simplemente no olviden mis cigarros. Eso es lo más importante."

"No lo haremos," dijo Barney, siguiendo a Gil afuera.

Gil no dijo nada hasta que ensillaron sus caballos en la oscuridad. Luego preguntó: "¿Sabes lo que estoy pensando?"

"Claro," dijo Barney. "Pero no digas nada hasta que estemos lejos de aquí."

Una vez lejos de los edificios del rancho, siguiendo la carretera hacia el norte a lo largo del estrecho valle entre imponentes colinas oscuras, se rieron tontamente como niños que acababan de salirse con alguna travesura inteligente.

"¡Qué suerte!," dijo Gil en un tono bajo y excitado. "¡No podría haber funcionado mejor si lo hubiéramos planeado de esta manera nosotros mismos! Ahora no esperarán que volvamos mucho antes de la mañana. Para entonces nos habremos ido muy lejos de aqui."

"Tu sabes, pero estaba pensando," dijo Barney, poco tiempo después. "Esa no era una mala idea para Rufe. ¿Por qué no robemos esa tienda tal como él planeó, pero guardamos el dinero para nosotros mismos?"

"Esa no es una mala idea," admitió Gil. "Estamos en la quiebra y necesitamos una participación en el camino y algo de comida. ¿Pero qué vamos a hacer con todas las armas? Simplemente nos retrasarían."

"Al diablo con las armas," dijo Barney. "Tal vez llevar un par de Winchesters en caso de que alguien intente seguirnos."

"He estado deseándome una buena pistola de silla de montar," dijo Gil. "Y no me importaría tener uno de esos puñeteros Colt Lightning de doble acción. Se adaptan muy bien en el cinturón de un talador, y son tan ligeros que apenas sabes que están allí. Empecé a comprar uno una vez, pero descubrí que tenía pocos dólares. Los tenderos intentan robarle a uno cada vez que tengan la oportunidad."

"Bueno, este es un buen momento para desquitarse," dijo Barney.

En su entusiasmo, se habían olvidado por completo de Miles Hinton, el tipo al que le gusta matar gente.

Miles Hinton había regresado a la ciudad para una comida caliente y ropa más abrigada, ya que el viento tenía dientes helados y se enfriaría mucho antes de que terminara la noche. Con las cosas saliendo a la luz en las colinas, había decidido que no podía permitirse pasar la mala noche en su habitación, como le hubiera gustado hacer.

Cuando salía del hotel de nuevo con la escopeta de Ethan Allen en su manta enrollada, vio a los dos hombres que acababan de desmontar frente a la tienda al otro lado de la calle. Se detuvo justo dentro de la puerta del hotel para mirarlos. Al principio fue su manera reservada y la forma en que miraban a lo largo de la calle oscura y vacía lo que llamó su atención. Luego, cuando abrieron la puerta y entraron a la tienda, los reconoció en la luz. Él había visto a la pareja ese mismo día cabalgando con los Wadley.

A través de la ventana de la tienda, los vio apuntar con sus pistolas hacia el tendero y decir algo. Luego el corto se dirigió hacia la esquina donde estaban las armas mientras que el alto mantenía su arma apuntada al tendero.

Hinton salió del hotel y caminó silenciosamente por la calle abandonada, pasando frente a la tienda sin mirar hacia allí. Pero una vez pasada la tienda, se dirigió al otro lado de la calle y entró en un callejón oscuro y estrecho entre dos edificios. Aquí se detuvo y, trabajando sin aparente prisa pero sin perder tiempo ni movimientos, sacó al Ethan Allen de su manta, arregló el arma y lo cargó con perdigones. Luego dio un paso hacia la boca del callejón y esperó, con la cara entumecida por el viento frío.

Unos momentos más tarde, los dos hombres salieron de la tienda y se dirigieron hacia sus caballos en la barandilla, cada uno con un rifle y un saco, el más pequeño riéndose entre dientes del botín.

Hinton levantó la escopeta de cañón largo hasta su hombro y disparó el cañón derecho. El hombre alto, a punto de atar su saco al cuerno de la silla de montar, cayó contra el caballo asustado y se deslizó al suelo.

En su excitación, el hombre bajito dejó caer tanto el rifle como el saco de comida e hizo un pequeño baile nervioso, mirando al hombre alto que yacía en el suelo, casi a los pies de su caballo que se precipitaba.

Hinton disparó el otro cañón y el hombre bajito, agarrándose de su cintura, se inclinó hacia él con una curiosa reverencia cómica y se tiró al suelo sobre su rostro.

Hinton dio un paso atrás en el oscuro callejón, separó la escopeta y envolvió las dos piezas en sus mantas. Cuando regresó a la calle se quedó en las sombras y no hizo ningún ruido hasta que estuvo casi conjunto al pequeño grupo de ciudadanos excitados que se habían reunido alrededor de los dos hombres muertos. El tendero de pelo blanco estaba de pie con los rifles en sus manos y las otras cosas que le habían quitado. Había estado hablando con voz temblorosa, pero de repente se calló cuando vio a Hinton. Sus ojos descansaron durante un largo momento sobre la rígida manta que se extendía bajo el brazo de Hinton.

"¿Qué pasó?" Hinton preguntó al hombre más cercano. "Iba camino al establo y escuché disparos."

"¡Bueno, los dos hombres robaron a Ollie, y entonces alguien los mató con una escopeta!," dijo el hombre.

"Debe haber sido Bowdry," dijo alguien más. "Y estos dos deben haber estado montando para los Wadley. Así es como lo entiendo."

Los ciudadanos se pusieron a discutir entre ellos sobre la identidad del asesino, y Hinton siguió por la calle hacia el establo, sin que nadie lo notara, excepto el silencioso tendero, Ollie Rice. Ya fuera por miedo o gratitud o por un código propio curioso, el tendero permanecería en silencio por muchos años antes de expresar lo que sospechaba sobre Hinton. Tal vez simplemente no creía que nadie le creyera, porque casi todos estaban convencidos de que Hinton era solo un tipo inofensivo, incapaz de cualquier cosa muy buena o muy mala.

Un veterano, cuando le contaron, descartó la teoría de Rice como una tontería, e incluso sugirió que el viejo Ollie podría haber empuñado la escopeta letal en esa fría noche de viento. Se sabía que pequeños tenderos ratoncitos se convertían en leones cuando alguien intentaba robarles.

CAPÍTULO 20

Hacia la medianoche, Bowdry estaba cansado de cargar tanto peso, tratando de asegurarse de que no lo estuvieran infiltrando desde ninguna dirección. Extendiéndose en el duro suelo para descansar un poco, pensó que tenía que haber una manera mejor.

Se quedó allí por un tiempo y de repente se le ocurrió que sí había una mejor manera. Se sentó de inmediato y luego se puso de pie y dijo en voz baja: "Podría funcionar." Se preguntó por qué no lo había pensado antes.

Había muchos caminos naturales a través de las rocas, pero no más de media docena que un grupo atacante probablemente elegiría. En algún momento, todos estos caminos conducían entre cantos rodados o afloramientos rocosos donde apenas había espacio para que pasara un solo hombre. En la oscuridad, ese hombre no notaría una cuerda al otro lado del camino, especialmente si estaba oculta por un arbusto, si creció allí naturalmente o si fue trasladada allí para ese propósito.

Bowdry tenía un poco de cordel en sus alforjas y había más en la choza. Arregló un arma amartillada a lo largo de cada uno de los cinco caminos más probables, con una cuerda atada al gatillo y corriendo por la senda un poco por encima del suelo. En todos los casos, el hilo estaba oculto por maleza o cepillo y también lo estaba el arma.

En cuatro de los lugares tenía una pistola con un solo cartucho en la cámara debajo del martillo. Pero en el camino más probable amañó el Greener para que ambos cañones se disparasen si se movia la cuerda, y el hombre que tropezó con la cuerda nunca sabría qué fue lo que lo golpeó.

Su carga se aligeró considerablemente, también la carga sobre su mente. Bowdry se tumbó en las rocas para dormir lo necesario.

En el barracón de 3-Bar, otros nueve hombres durmieron como osos y les dijeron que el ataque había terminado esta noche. Pero arriba, en la casa principal, se encendió una lámpara de queroseno y un hombre gordo paseó de un lado a otro, con el cigarro apagado entre los dientes. Mientras caminaba, el hombre gordo murmuró para sí mismo. "Todavía no es luz, pero deberían estar de regreso. Supongo que debería haberles dicho a los tontos que dieran vueltas alrededor del lugar de Pollard, pero creí que ya lo sabrían. La voz del hombre gordo de repente se elevó en un bramido enfurecido, y los que estaban abajo en el barracón se sacudieron de un sueño profundo. "¡Tengo que pensar por todos! ¡No hay nadie más por aquí que tenga cerebro suficiente como montar para el frente!"

El hombre gordo se acercó a la puerta, la abrió y rugió: "¡Zeb!"

"¡Qué!," aulló Zeb en un tono de indignación, porque no le gustaba que su sueño se hiciera pedazos de esa manera.

"¡Levántate aquí, eso es lo qué!" Rufe resonó y azotó la puerta, en parte con ira y en parte porque se había preocupado por los merodeadores nocturnos con escopetas. Una carga de perdigones en el intestino era algo que no necesitaba en este momento encima de todo lo demás.

Abajo en el barracón Zeb quejaba mientras se ponaba sus botas," ¿Qué diablos quiere a esta hora de la noche?"

"Dile que se tranquiliza ahí arriba," dijo Josh, volviendo a ponerse las mantas sobre la cara. "A menos que duerma unas pocas horas, no seré bueno al día siguiente."

"Mejor ten cuidado cuando salgas, Zeb," murmuró el viejo Bones Grogan. "Bowdry puede estar mintiendo por ti con esa escopeta."

"Mejor que no esté," dijo Zeb. "Si me dispara, ese gordo bribón se enloquece esta vez de la noche ..."

"¿Esos dos todavía no han vuelto con los pistolas?," preguntó Clete, sentándose en su litera y mirando a su alrededor en la oscuridad.

"No los veo," dijo Zeb. "De eso probablemente se trata. Ya deberían estar de regreso, a menos que algo les salió mal."

"Si él quiere que vayas a ver sobre ellos, iré contigo," dijo Josh.

"Puede que ni siquiera sea eso," dijo Zeb, buscando su cinturón, y luego recordó que ya no tenía uno. "¿Alguien quiere prestarme un arma?," preguntó.

"Puedes tomar el mío," dijo Cob.

"Necesitábamos esas armas," dijo Clete.

Zeb se abrochó la pistolera prestada, sacó la pistola de la pistolera y la controló con la sensación. Se paró cerca de la puerta, temiendo salir. "Bueno, será mejor que vaya allí y descubra lo que quiere."

"Hasta luego, Zeb, si nunca te volvemos a ver," dijo Chuck, riéndose.

El viejo Bones se aclaró la garganta. "No es cuestión de reírse. Cualquiera de nosotros podría ser el próximo. Mató a Pink Deeble aquí en este barracón, ¿no? Y Pink no había lastimado a nadie."

"No a menos que fueran más pequeños que él," dijo Tub. "Solía golpearme cuando tenía nueve años y yo solo tenía cinco."

"¡Zeb!" rugió Rufe otra vez.

"Será mejor que subas allí, Zeb," dijo Chuck. "Si mantengas al viejo Rufe esperando mucho más tiempo, tendrás que ir corriendo a Bowdry en busca de protección."

Zeb abrió la puerta con cuidado, salió y corrió hacia la casa principal.

"Te tomaste tu tiempo," gruñó Rufe.

"¿Qué quieres?" preguntó Zeb, todavía somnoliento e irritable.

"Diablos, ellos dos no regresaron y pronto será de día," dijo Rufe. "Algo debe haber salido mal. Ensíllate y vete a ver si puedes encontrarlos, o descubras qué les sucedió."

"¿Por qué yo?" preguntó Zeb, frunciendo el ceño.

"Te escuché por ahí jactándose de cómo burlaste a Bowdry y le perdonaste," dijo Rufe. "Tal vez puedas hacerlo de nuevo, verificando ese tramo de camino a lo largo de los cuerpos."

"No voy a ir solo," dijo Zeb.

"Entonces llévate a alguien contigo."

“Josh dijo que iría.”

“No él,” dijo Rufe. “Puede ser que no regrese.”

“Los chicos de Swink se ofrecieron como voluntarios,” dijo Zeb.

Zeb detuvo a su caballo antes de llegar a lo que él consideraba el tramo de carretera más peligroso. Todavía estaba oscuro, con solo un toque de gris en el este, y un frío glacial, demasiado frío para esa época del año. Pero el viento había cesado y, en la helada quietud, todas las rocas y árboles atrofiados se agachaban como si estuvieran listos para saltar sobre ellos.

“¿Cuál de nosotros es el más grande y más duro y el mejor luchador?,” preguntó Zeb.

“Creo que lo soy,” dijo Chuck. “¿Por qué?”

“Bueno,” dijo Zeb. “Vas primero.”

“¿Qué ocurre, Zeb?,” preguntó Tub. “¿Estas asustado?”

“No me importa ir primero,” dijo Chuck alegremente. “Ustedes, chicos, quédense detrás de mí y si lo recibo en el intestino, vuelvan al rancho y le dicen a Rufe que venga por sí mismo la próxima vez.”

El hombre grande tomó la delantera, avanzando audazmente hacia adelante, y Zeb y Tub se quedaron atrás, cabalgando de frente.

Tub cabalgó en ceñudo silencio por unos momentos. El joven bajo y robusto tenía un buen sentido del humor pero a veces también tenía mal genio, y se sentía extrañamente protector hacia su hermano mayor, que era fuerte como un buey y dejaba que la gente se aprovechara de él por eso, siempre dándole el trabajo más difícil.

“No me gusta,” dijo Tub. “Allá en el barracón dijiste que quisieras tener otra oportunidad con Bowdry. Ahora quieres que Chuck vaya al frente, donde lo tendrá primero si nos encontramos con una emboscada.”

“Dije que no me importa,” dijo Chuck, aunque sonaba menos alegre que antes. “Rufe puso a Zeb a cargo. Es correcto que hagamos lo que él dice.”

“Todavía no me gusta,” dijo Tub.

“Nadie te impide montarte allí con él,” dijo Zeb categóricamente.

“Quédate allí, Tub,” dijo Chuck. “No nos utilices a los dos, y no quiero que te lastimes si puedo evitarlo.”

"No quiero que te lastimes tampoco," dijo Tub. "Si Zeb está a cargo, debería ser el único líder en la delantera. Pensé que allí era donde generalmente estaban los líderes: a la cabeza."

"Bueno, es un poco diferente por aquí, creo," dijo Chuck, sonando cada vez menos feliz por todo el asunto, mientras miraba las oscuras rocas y los árboles a ambos lados de la carretera. "Creo que has notado que Rufe casi nunca se arriesga. Él acaba de enviar a alguien más. Cuando él va, se lleva a todo el grupo para protegerlo."

"Eso no le da a Zeb ningún derecho a dejarte allí," insistió Tub.

"He oído hablar de ti lo suficiente," dijo Zeb en un tono duro y enojado. "Chuck pensó que era muy divertido cuando pensó que Rufe quería enviarme yo solo. Es por eso que lo puse en el frente."

"Sabes que solo estaba jugando, Zeb," dijo Chuck con tristeza.

"Bueno," espetó Zeb. "Solo estabas jugando. Pensaste que era gracioso. ¿Cuan tan gracioso es ahora, Chuck?"

Miles Hinton había pasado una noche miserable tiritando en una maleza cerca de la carretera, con el Ethan Allen de doble cañón apoyado en una roca al alcance de la mano. Había dormido muy poco, pero hacia la mañana se quedó dormido, para ser despertado en el falso amanecer por el amortiguado sonido de los caballos que avanzaban por el camino.

Levantándose y buscando la escopeta, vio que había tres jinetes y que no estaban a más de treinta yardas de distancia. El gran hombre a la cabeza tomó por Rufe, y su corazón acelerado por la emoción. Esto, se dijo a sí mismo mientras levantaba la escopeta al hombro, era su día de suerte.

Cuando retiró el martillo derecho, ya tenía el arma apuntando al amplio centro del hombre, y no les dio tiempo para reaccionar ante el clic de advertencia, claramente audible en el silencio sofocante. Apretó el gatillo, el arma saltó y rugió, y el hombre grande se dejó caer en la silla de montar.

Uno de los jinetes que estaba detrás, hizo girar su caballo y galopó atras por la carretera.

El otro, un hombre bajo y grueso, gritó: "¡Chuck!" Y frenó su animal hacia el herido.

Chuck estaba inclinado sobre la silla que sostenía su cintura. "¡Sal de aquí!" gritó roncamente. "¡Adelante, maldición! ¡Ya terminé!"

"¡De ninguna manera!" dijo el corto, agarrando las riendas del caballo de Chuck. "Espera, Chuck! ¡Te sacaré de aquí!"

Pero cuando giró los caballos, el grande se resbaló de la silla y cayó pesadamente al suelo. El corto hizo que los caballos se detuvieran y bajó, yendo hacia Chuck e intentando ayudarlo a ponerse en pie.

"¡No, Tub!," dijo Chuck. "¡No me molestes! ¡Sal de aquí antes de que él también te mate! ¡Él está allí en ese pincel!"

Pero el hombre bajo se dobló bajo el grande y tropezó hacia los caballos con él.

Los caballos, asustados por el disparo y el olor a sangre, levantaron la cabeza en el aire y pusieron los ojos en blanco ante la extraña criatura que se tambaleaba hacia ellos. De repente, los dos animales giraron y caminaron por la carretera detrás del otro caballo y jinete.

"¡Zeb!," gritó el hombre bajo. "¡Pares los caballos!"

"¡No sirve de nada!," dijo Chuck con voz débil. "No les devolverá los caballos. Agáchate en esos cedros y no dejes de correr, Tub. Es la única oportunidad. ¡Dáte prisa, ahora!"

Pero Tub todavía estaba mirando hacia abajo por la carretera y gritó de nuevo, "¡Zeb!"

Hinton, sorprendido de que el hombre grande no fuera Rufe, estaba ahora agachado entre los arbustos, mirando a la pareja con asombro, pero sin ningún sentimiento de simpatía. Eran del tipo que se burlaba de él a sus espaldas. El más bajo estaba parado en la carretera, balanceándose bajo el peso del grande, cuando debería haberlo dejado y tirarse a las rocas.

Cuando Hinton amartilló el martillo izquierdo, el corto comenzó por las rocas, pero todavía llevaba el grande y se movía demasiado lento. Demasiado lento.

Zeb estaba moviendo muy rápido. Galopaba hacia el patio de 3-Bar gritando roncamente, "¡Agarran sus armas! ¡Bowdry me sigue!"

Saltó del caballo que se deslizaba y corrió hacia la puerta de la casa principal, pensando que Rufe podría protegerlo si alguien podía.

Rufe estaba repentinamente allí en la puerta frente a él con una gran pistola, bloqueándole el camino. Mirando más allá de Zeb, Rufe vio a dos caballos sin jinete al galope a la vista. Se dirigieron directamente al corral e intentaron entrar por la puerta cerrada. Rufe miró y escuchó por algunos momentos, pero no escuchó ningún otro caballo acercándose.

Enrojecido de ira, miró a Zeb. "Bowdry, demonios," dijo. "No era nada más que tú, sino los caballos de los muchachos Swink."

La cara de Zeb también era roja, pero con vergüenza. Era consciente de los hombres que salían del barracón con sus armas en las manos cuando dijo: "Estaba demasiado oscuro para contarlo y pensé que era Bowdry quien me estaba persiguiendo."

"¿Qué pasó?" ladró Rufe.

Zeb respiraba con dificultad y su voz temblaba. "Bowdry nos emboscó con esa escopeta. Chuck lo tocó primero y creo que Bowdry también consiguió a Tub cuando trató de ayudar a Chuck a que se marchara."

"¿Quieres decir que ni siquiera sabes si a Tub le disparará o no?," preguntó Rufe.

"No para la orilla," dijo Zeb. "Todavía estaba demasiado oscuro para ver algo. Pero oí que la escopeta se disparaba dos veces, y nunca escuché que Tub respondiera, así que él y Chuck probablemente estén muertos."

"¿Diablos, cómo es que eres tú siempre el que escape?" preguntó Rufe.

"No sé," dijo Zeb incómodo, sin mirar a Rufe ni a ninguno de los otros que se estaban reuniendo para escuchar, con la cara en blanco por la sorpresa. "Solo tuve suerte, supongo."

"Suerte, demonios," dijo Rufe. "No se puede culpar a la suerte. No cuando sigue pasando así. Primero huyes y dejas que maten a Gord, ahora ellos dos." Luego preguntó: "¿Qué hay de Barney y Gil? ¿Ves algo de ellos?"

Zeb negó con la cabeza. "Pero supongo que Bowdry los tendió una emboscada más allá en el camino. Debe había pasado mucho tiempo allí, esperando que pasemos por allí."

"Tiene que ser," concordó Rufe, con la cara congestionada por una rabia creciente. "Ese hijo de puta nos dice que no nos acerquemos a su lugar. Manteganse en el camino, dice. ¡Luego se queda cerca de la carretera y nos llena de perdigones cuando pasamos!"

Rufe había empezado silencioso, pero cuando terminó su voz rugió y se sacudió como un trueno. Golpeó una mano gorda con el otro puño. "Ensillense, hijos de puta! Vamos detrás de él mientras aún nos queda alguien!"

La boca de Josh se abrió con sorpresa. "¿Quieres que lo ataqemos a plena luz del día?"

Rufe miró al hombre de grandes dientes con una expresión de desprecio fulminante. "Eso es exactamente lo que quiero decir. Sé cómo podemos meternos en las rocas sin dispararnos al infierno, y una vez que estemos en las rocas no tiene ninguna posibilidad contra todos nosotros. Por la noche, puede escaparse, pero no durante el día, porque pretendo quedarme abajo y hacer que no se escape. Tú," señalando a Larkin, "dirigirás el ataque hacia las rocas. Tú y Zeb."

CAPÍTULO 21

Evitando el camino, dieron vueltas a través de las colinas de cedro y se detuvieron detrás de la cima de la colina justo al este de la cresta rocosa de Bowdry.

"Está bien, Larkin," Rufe resonó, encendiendo el tapón de cigarro que había estado guardando. "Lleva a tres hombres y da la vuelta. Esperaremos aquí y llamaremos la atención de Bowdry para que tengas la oportunidad de entrar en las rocas del lado oeste. Dirigirás el ataque desde ese lado. Si intentas desanimarte y no hacerlo, mis hombres tienen órdenes de dispararte ellos mismos."

La cara generalmente rubicunda de Josh estaba pálida y sus grandes dientes estaban desnudos en una especie de mueca, como si se odiara a sí mismo por meterse en un aprieto como este. Pero su voz arrastrada era lo suficientemente calmada. "No me desanimaré. Quiero que Bowdry muera tanto como tú."

Rufe asintió brevemente, y Larkin salió por la ladera de la colina seguido de Cob Jenson, Bones Grogan y el bizco Crom. Los cuatro estaban en silencio y parecían hombres que irían a su perdición.

Rufe, enorme con un abrigo oscuro, sentó a su caballo en el borde de la colina y fumó su pequeño cigarro, de vez en cuando sacándolo de su boca para sacudir la ceniza y ver qué cantidad de cigarro había quedado. Una o dos veces miró por los ojos a los otros tres hombres, pero la mayoría los ignoró. Hoy no había mucho viento, pero el sol brillaba a través de una neblina opaca y las colinas parecían oscuras por las sombras.

De repente, Rufe miró a la cara de barba roja de Zeb y dijo en un tono burlón: "Bowdry me sigue."

El chico de cara mezquina, Rex, se burló de Zeb, pero no dijo nada.

Clete estaba revisando su arma, un brillo salvaje en sus ojos que podría haber sido miedo o ferocidad.

La cara apretada de Zeb se puso un poco más roja, pero no cambió de otra manera y sus ojos, pellizcados en sombrío reflejo, no se movieron hacia su primo gordo. Estaba acostumbrado a las burlas de Rufe. "Puedes divertirte todo lo que quieras," dijo. "Pero no veo a ti que vayas tras Bowdry. Sigues enviando al resto de nosotros a que nos disparen la cabeza."

Sorprendentemente, Rufe no mostró enojo. En cambio, dejó escapar una risa en auge. "¿Demonios, por qué creen que los guardo a usteds por aqui?," preguntó.

"Me estoy empezando a preguntar," dijo Zeb. "No creo que te importe si todos los demás de nosotros son matados. Entonces tendrás ese rancho todo para ti solo."

"Ya lo tengo todo para mí," dijo Rufe. "Harris Thacker me lo firmó, a mi unicamente. Tu nombre no está incluido, Zeb, y ser primo de seguro, como el infierno, no te hace ningún compañero."

El rostro de Zeb se calentó de ira detrás de la corta barba roja. "Entonces, ¿por qué, por diablos, no nos pagas de vez en cuando, si no somos socios? Todo este tiempo nos has estado haciendo pensar que teníamos una participación en el rancho y en el ganado, simplemente para que trabajáramos para nada."

"Un lugar para quedarse, dos o tres comidas al día, y buenos caballos para montar, ¿eso lo llama no pago?"

"No hay nadie más que sea tan tacaño," dijo Zeb. "Si no tenemos participación en el rancho, por Dios, nos va a empezar a pagar por nuestro trabajo, y no me refiero a unos pocos dólares una o dos veces al mes cuando vamos a la ciudad."

Rufe movió sus hombros pesados en un encogimiento de hombros. "Nadie te obligue que te quedes, Zeb. Puedes irte en cualquier momento."

"Bueno," dijo Zeb, recogiendo las riendas en sus gordas manos rojas. "Este es un buen momento tal como cualquier otro."

"Después de que tengamos Bowdry," dijo Rufe. "Tratas de dejar de mí ahora y te derribaré como un perro amarillo."

Los labios de Zeb se crisparon en amarga frustración y por un momento pareció como si pudiera llorar. Estaba mejor con un arma de lo que Rufe de alguna vez sería, y había momentos en los que le hubiera gustado ponerle una bala a su primo gordo e intimidante, que tanto amaba arrojar su peso y pisotear a los que lo rodeaban. Esta fue una de esas veces. Pero Zeb sabía que no lo haría y Rufe sabía que no lo haría, y estaba disfrutando del espectáculo de la lucha silenciosa de Zeb consigo mismo, sabiendo de antemano cuál sería el resultado. Zeb podría hablar pero no haría nada. No tenía los cojones de Rufe ni su crueldad.

El cigarro de Rufe se había apagado. Apartó la ceniza y se guardó el trozo en el bolsillo. "Ellos otros han tenido tiempo de dar vueltas," dijo. "Cuando lleguemos a la cima de esta colina y captemos la atención de Bowdry, quiero que ustedes tres comiencen directamente hacia esa cresta, pero corten hacia la derecha cuando estén fuera del alcance del rifle y den vueltas hasta que estén a punto donde la cresta se curva o un poco más lejos, luego se extienden y cabalgan como el infierno por las rocas. Eso les dará a los demás la oportunidad de meterse en las rocas del lado oeste."

"Pensé que nos darías la parte difícil," dijo Zeb.

Rufe le sonrió maliciosamente. "Eso es porque creo que ustedes chicos son mejores, o al menos creo que Clete y Rex lo son. Y tú, Zeb, pareces lo mejor para salir de las situaciones difíciles. Otros son empujados por los acantilados o se cortan la cola, pero vuelves sin un rasguño. Bueno, tal vez regreses esta vez sin un rasguño. Pero no quiero que regreses diciendo que Bowdry está contigo de nuevo. Y no quiero escuchar que te ha estado persiguiendo por las rocas. Quiero oírte que tu lo has estado persiguiendo, y esta vez será mejor que traigas a algunos testigos en vivo para dar crédito de tu historia."

Rufe asintió bruscamente, sin darle oportunidad a Zeb de responder. "Empecemos."

Lideró el camino hacia la cima de la colina y se detuvo de nuevo. Su voz rugió a través de las colinas como un trueno repentino en un día tranquilo.

"¡Oye, Bowdry!"

Bowdry podía ver caballos y jinetes en los árboles y las rocas en la cima de la colina, pero no podía decir cuántos habían. Sin embargo, tenía la sensación de que se trataba de ese, el gran ataque que había estado esperando.

"¡Querías una pelea, Bowdry!" gritó Rufe, su voz parecía aniquilar la distancia entre ellos y reverberar en las rocas alrededor de Bowdry. "¡Bueno, tienes una ahora!"

Tres jinetes bajaron a un ritmo de carrera de la colina, los cascos de sus caballos levantando polvo en los cedros, y Rufe seguía sentando en su brillante caballo rojo en la parte superior, agitando su brazo y exhortándolos con su voz de toro, y a Zeb, que azotaba la lengua por quedar atrás de los otros. Eso hizo cuatro. ¿Dónde estarán los otros?

Bowdry clavó un caparazón en el Henry y escaneó la pendiente para ver quién había estado allí, pero no estaban, mientras hacía un seguimiento de los tres jinetes por los bordes de su visión. Cuando estuvieron a punto de alcanzarlo, levantó el rifle hacia su hombro, su rostro sombrío y duro, y no quedó piedad en su corazón. Pero a una orden rugida de Rufe, de repente giraron sus caballos y corrieron por la ladera de la colina, dirigiéndose hacia la cresta rocosa pero manteniéndose fuera del alcance.

Maldiciendo suavemente, Bowdry corrió a lo largo de la cresta, se detuvo y disparó al jinete más cercano. Pero no había tiempo para apuntar y el hombre alcanzó las rocas sin recibir daño. El viejo Henry se atascó y, un momento después, los otros dos también alcanzaron la cobertura de las rocas, se zambulleron de sus caballos y treparon por la cresta a pie. Bowdry sabía que ahora tenía un montón de trabajo más grande aún.

Unos minutos antes, Josh y los tres hombres que lo acompañaban saltaron de sus caballos al galope al pie de la cresta oeste y Larkin lo condujo por la empinada ladera cubierta de pedregales, con sus pistolas de mango blanco amartilladas y listas, su cara tenso con temor. Sus labios fueron retirados de sus dientes y mantuvo una mueca de dolor ante la expectativa de una bala.

De repente se sentó en una roca, respirando pesadamente. "Tengo que sacar algo de mi bota. Ustedes van adelante. Les alcanzo en un minuto.

Crom negó con la cabeza. "Rufe dijo que tu ibas adelante y a disparrarte si intentabas desanimarte."

"Está bien," le aseguró Larkin. "Rufe nunca sabrá la diferencia, y yo solo tengo que sacar esta espina de mi bota."

"Esperaremos," dijo el viejo Bones.

"No importa," dijo Cob. "Esta no es su pelea, no por derecho. Rufe nunca tuvo que seguir su consejo."

"Nunca lloró sobre eso," asintió Larkin, mirando hacia arriba con sorpresa y gratitud. Observó a los tres vagabundos a su lado, Jenson ahora a la cabeza. Avanzaron por el estrecho sendero entre dos afloramientos rocosos.

Asustamente oyeron el lanzamiento abrupto del Henry desde la cresta del este, y Larkin dijo: "Bowdry está muy por alla. Ustedes muchachos no tienen mucho de qué preocuparse."

Un momento después hubo una explosión ensordecedora y Cob cayó hacia atrás contra Crom, que se giró y se abrió paso a tientas junto a Bones Grogan mal agitado y con los ojos desorbitados. Pero el anciano, aunque esperaba otra explosión demoledora, agarró a Jenson y lo arrastró hacia atrás por el estrecho sendero que se extendía entre los dos afloramientos rocosos hacia donde Larkin estaba frenéticamente tirándose la bota para prepararse para el vuelo. Si iba a ser una retirada, Josh no tenía intención de abrir la retaguardia y tal vez ser disparado por detrás.

Entonces la razón se apoderó de él. "Espera un momento," dijo. "Bowdry no puede estar en dos lugares diferentes al mismo tiempo."

"Tal vez ése fue uno de los chicos que dispararon cuando cargaron contra el risco," dijo Bones.

"Naw, eso fue el Henry," dijo Larkin.

"Tal vez son dos de él," dijo Crom.

Bones había dejado caer a Cob al suelo y estaba mirando con horror al joven. "Está muerto," dijo el viejo Bones incrédulo. "Cob está muerto."

"Eso hubieras sido tú, Josh, si hubieras liderado como Rufe dijo," le dijo Crom. "No me gusta por eso, Josh. Cob él era el único que me gustaba, y ahora está muerto por tu culpa."

Larkin ignoró al joven bizco. "Tengo la corazonada de que sé lo que pasó," dijo. "Eso fue una escopeta. Apuesto a que Bowdry lo tenía manipulado para que se disparara cuando alguiense dío en una cuerda o algo así. He oído que la gente se mata de esa manera cuando entran a robar en las casas."

"Apuesto a que tiene las armas arregladas para dispararse por toda esta cresta," dijo Bones con voz ronca y agrietada. "No podremos dar un paso sin hacer que otro se dispare."

"Será mejor que vengas al frente como dijo Rufe, Josh, a menos que quieras que yo haga lo que nos dijo," dijo Crom.

"No estoy preocupado por él en este momento," dijo Larkin. "Nunca debería haber siquiera venido aquí. Ahora pretendo volver a bajar esa colina como venimos para no disparar más armas."

Crom levantó su pistola de cañón largo, la inclinó con la otra mano y se la apuntó a Larkin. "No, tú no lo harás, Josh," dijo. "Recien mató a Cob. Ahora vas a adelantarnos en esta cresta aquí, como dijo Rufe, o te dispararé yo mismo. Eso es lo que dijo que hiciera."

Larkin miró boquiabierto al tonto bizco. "¿Quieres decir que realmente me dispararías?"

"Sí, de cierto lo haría, Josh," dijo Crom lentamente, buscando a tientas las palabras correctas. No era muy brillante, pero tenía un pensamiento alojado en su cerebro: hacer, como siempre, lo que Rufe dice. Porque temía a Rufe más de lo que temía a cualquier otra cosa en la tierra, incluyendo a Bowdry y las armas que esperaban para dispararse si tropezaba con una cuerda. "Es lo que Rufe dijo que hiciera."

Josh estaba sentado en la roca con una mirada frustrada y desconcertada en su rostro. Él no podía entenderlo. Parecía que casi todos querían matarlo, y no hace mucho tiempo había pensado que a todos les gustaba, a excepción de Harris Thacker y algunos rancheros de cara fría al norte de la ciudad. Y, por supuesto, el viejo Pollard. Tal vez algunos otros, pero ciertamente no todos a quienes conoció, como ahora.

"Es culpa tuya, Josh, por haber matado a Cob," le dijo Crom.

"¡Si no hubiera sido él, habría sido yo!"

"Eso es diferente. Se suponía que debías estar al frente, como dijo Rufe."

"¡Rufe no es mi jefe!"

"Él está ahora, mientras estás con nosotros," dijo Crom. "Es el jefe de todos."

"Esto no nos está sirviendo de nada," dijo Bones. "Guarda esa pistola, idiota," le dijo a Crom," o prepárate para usarla donde sea necesario."

Pero Crom obstinadamente negó con la cabeza. "No lo guardaré ni lo olvidaré. Tú no eres mi jefe, Bones. Rufe lo es, y él dijo que debíamos dispararle a Josh si él no iba al frente y nos guiaba."

"¡Él nunca quiso decir eso, idiota!," dijo el viejo Bones, volviéndose enojado con el medio ingenio. "¡Solo intentaba asustar a Josh! ¡Ni siquiera tienes cerebro suficiente para estar aquí! Ahora dáme esa pistola antes de que mate a alguien."

Lo que el anciano hizo a continuación sugirió que él mismo podría no haber sido demasiado brillante. Agarró el arma en la mano de Crom y el arma se disparó. El anciano gruñó de sorpresa y se tambaleó hacia atrás. Cayó y se recostó de espaldas sosteniendo su cintura y jadeando. Alzó su rostro con bigotes grises y miró a Crom con amargas y acusadoras miradas, luego volvió a caer muerto.

"¡Lo mataste, tonto!," exclamó Josh.

Crom nuevamente ladeó el arma, torpemente usando su mano izquierda. 'Tu quedas sentado allí, Josh. No intentes nada."

"¡Lo mataste!" dijo Larkin con incredulidad.

"Fue su propia culpa. Nunca debería tratar de agarrar mi arma así. Nunca quise que se disparara. Pero te dispararé si es necesario. Eso es lo que Rufe dijo que me incitara a hacer."

"¡Estás loco!"

"Puedes decir eso si quieres. Pero tú y yo vamos a buscar a Bowdry, y vas a ir por delante de mí, como dijo Rufe."

"¡Nos matarás a todos!," gritó roncamente Josh. "No puedo preocuparme por ti, Bowdry y las pistolas colgados para disparar, todo al mismo tiempo."

"No es mi culpa." Crom apuntó la pistola de cañón largo hacia él, sosteniéndola con ambas manos. "Ahora ve por delante de mí, Josh, como dijo Rufe."

Bowdry oyó dispararse la escopeta y, momentos después, la pistola. Eso explicaba dónde estaban los otros, tratando de acercarse furtivamente a su lado ciego, y esperaba que se mataran con sus armas no tripuladas. Sin embargo, parecía poco probable, ya que comenzarían a ser más cuidadosos y estarían atentos a las cuerdas ocultas que, cuando se pisó, activaron las armas. Y solo había puesto dos armas en el lado oeste, una pistola que probablemente no alcanzaría su objetivo. Pero estaba razonablemente seguro de que la escopeta había sido responsable, de al menos, uno de los atacantes.

Los tres de este lado, aún separados, se deslizaban por las rocas hacia él. Los había visto de vez en cuando, pero había mantenido su arma, esperando un mejor disparo y sin querer revelar su posición.

Decidió prescindir del Henry, porque temía que volviera a atascarse o que fallara en un momento mal. La vieja arma no había sido cuidada y estaba agotada. Pero Bowdry en realidad no lo necesitaba para luchar de cerca en las rocas, donde sus pistolas serían más fáciles de manejar y más efectivas. Así que escondió al Henry en un cepillo y sacó su Modelo Ruso, el arma de fuego más precisa que había.

En ese momento escuchó el rugido de un arma a su derecha y debajo de él en la cresta norte. Alguien había tropezado con otra cuerda, descargando una de las pistolas ocultas.

Era Zeb Wadley. Moviéndose cuidadosamente a lo largo de uno de los senderos naturales a través de las rocas con su arma preparada y lista, pero sin esperar problemas, pateó la cuerda sin verla y el arma rugió desde una maleza muerta cerca del sendero, a unos tres metros por encima de él. Sintió el aliento abrasador de la bala en la mejilla derecha y se arrojó violentamente hacia un lado, chocando contra una roca que no había notado estaba tan cerca. Saltó de la roca con un hombro herido y cayó por la pendiente como si le hubieran disparado. Bowdry y los otros, escuchándolo, supusieron que había sido.

Clete y Rex, sorprendidos por el lugar del disparo, se volvieron y comenzaron a avanzar silenciosamente por las rocas en esa dirección, alejándose del hombre que estaban buscando.

Fue Clete quien descubrió la cuerda en el camino y la siguió hasta la pistola oculta. Cogió el arma y la cargó, luego llamó suavemente, "Oye, Zeb. ¿Estás golpeado mal?"

"¿Eres tú, Clete?" preguntó Zeb, volviendo al camino, con el rostro enrojecido por la ira. "¿Demonios, para qué me me estás disparando?"

"No fui yo," dijo Clete, y le mostró la cuerda y el arma. "No fue nadie. Solo un arma."

"Estaré condenado," dijo Zeb. "Me asustó la mitad de la muerte."

El niño, Rex, apareció de repente, sorprendiéndolos.

"¿Estás tratando de disparar a su cabeza tonta?" preguntó Zeb, bajando su arma.

El chico sonrió desagradablemente. "No, pero si yo fuera Bowdry, los dos ya estarían muertos."

"Creo que ahora sabemos de qué se trataba ese lanzamiento," dijo Zeb. "Los otros se encontraron con más armas que Bowdry había se-questró. Probablemente ha conseguido que todas las armas que nos escondió se dispersen a través de estas rocas, esperando a que se disparen cuando nos tropemos con una cuerda. ¿Cómo diablos lo encontraremos sin recibir un disparo? Esa bala se acercó tanto que la escuché pasar."

"Es simple," dijo Rex, todavía sonriendo. Parecía estar disfrutando de esto como si fuera un juego. "Nos arrastramos. Entonces, si uno de ellos dispara, la bala irá por encima de nosotros. No creo que los haya apuntado al suelo."

"No había pensado en eso," dijo Zeb. "Pero yo odio gatear."

"Es mejor que morir," dijo Clete, que ya se apoyaba sobre sus manos y rodillas. "Esta es la forma más segura de todos modos."

"La forma más lenta," dijo el niño. "Tendremos que extendernos de nuevo, o nunca lo encontraremos."

"Ten cuidado con a quién le disparas," dijo Zeb. "O nos dispararemos el uno al otro."

"A cualquiera que me dispare yo se le disparará," dijo el chico, alejándose entre las rocas.

Los otros dos notaron que no gateaba, sino que caminaba, y se preguntaban al respecto, pero no dijeron nada.

Rex no estaba gateando porque tenía prisa. Quería encontrar a Bowdry antes que nadie más.

Él quería ser el que mató a Bowdry.

CAPÍTULO 22

Un paso lento y cuidadoso a la vez, Josh se abrió camino a través del revoltijo de rocas sobre la cabeza del cañón. Este tipo de cosas no era para él, y deseaba darse la vuelta y regresar por donde había venido, encontrar su caballo y largarse de aquí. Pero cada vez que miraba por encima del hombro, ese terco y joven tonto, Crom, estaba justo detrás de él con esa gran pistola apuntada a su espalda.

Josh tenía sus propias armas en sus manos, amartilladas y listas para usar. Había decidido usarlos en Crom a la primera oportunidad que tuviera. Si no fuera por Crom, aún podría escabullirse de allí e irse a casa. Deja que los demás se preocupen por Bowdry, y Rufe podría patear el suelo y gritar al respecto sobre todo lo que quisiera. Esto, como lo vio Josh, no fue su pelea.

Había sido suficientemente malo para empezar cuando tenía tres hombres con él. Ahora dos de ellos estaban muertos y él estaría mejor sin el otro. En una pelea con Bowdry, Crom se interpondría en el camino. Y muy probablemente, tratando de disparar más allá de Josh, Crom le dispararía por la espalda sin querer, si no lo hacía a propósito.

Cada vez estaba más claro para Josh que tenía que deshacerse del joven bizco que lo seguía. Si pudiera atrapar a Crom por un momento ...

Girando cuidadosamente la cabeza, miró a Crom y su corazón comenzó a latir con fuerza. Crom no parecía estar mirándolo, sino que estaba mirando hacia el cañón en algún lugar, con sus ojos estrechos y la cara redonda y morena que le daba un aspecto ligeramente oriental. Josh decidió que esta podría ser la mejor oportunidad que tendría, ya que el tiempo se estaba acabando. Se tensó y agarró fuerte sus armas, preparándose para girar y disparar.

Entonces, de repente, se dio cuenta de que había estado mirando al ojo equivocado. El ojo izquierdo de Crom parecía estar mirando hacia el cañón. Pero el ojo derecho estaba observando a Josh de cerca, sospechosamente. Josh dejó escapar el aliento y se quedó sin fuerzas, sintiéndose pegajoso y enfermo al darse cuenta de lo cerca a la muerte que había llegado. No había forma de que pudiera darse la vuelta y disparar a tiempo, cuando todo lo que Crom tenía que hacer era apretar el gatillo.

"No intentes nada, Josh," dijo Crom. "Si vuelves con las armas, tendré que dispararte."

"¿Qué pasará si tropiezas con una roca y caes?," preguntó Larkin con voz ronca. "Es probable que me dispares sin querer."

"Eso yo no hago," dijo Crom. "Seré muy cuidadoso. Solo buscas tú las cuerdas que hacen que las pistolas se disparen."

"¿Diablos, cómo puedo, con tu follándome alrededor y apuntando ese maldito cañón en mi espalda?"

"Esto es una buena arma," dijo Crom. "Dispara casi siempre. Una vez maté a un conejo con eso. Incluso Rufe dijo que disparaba bueno."

"Apuesto a que él comió el conejo también, ¿no?"

"No todo. Él me dejó tener algo de eso. Pero no quedaba ninguno para los demás."

Josh se detuvo de repente, con un pie medio levantado para dar un paso. Bajó el pie donde estaba y se quedó mirando a un pequeño arbusto gris que parecía estar fuera de lugar de alguna manera.

"¿Qué pasa?," preguntó Crom. "¿Encontraste algo? Una vez encontré un cuchillo viejo de esa manera. Solo estaba caminando y lo vi tendido en el suelo, todo oxidado. Más tarde lo perdí de nuevo."

Larkin bajó el martillo de uno de sus armas y lo enfundó, y lentamente se puso en cuclillas sobre sus talones, estudiando el arbusto.

"¿Encontraste uno de esas cuerdas?," preguntó Crom.

"Todavía no estoy seguro," dijo Larkin.

"Es una buena cosa que estés al frente," dijo Crom. "Nunca hubiera notado nada."

Larkin vio la cuerda debajo del arbusto, pero no se movió ni dijo nada a la vez. Casi temía moverse, temeroso de que, si tocaba algo, el arma oculta explotaría. No sabía dónde estaba el arma ni hacia dónde apuntaba. Pero pensó que si él y Crom yacían en el piso ...

Entonces, un pensamiento repentino se le ocurrió. Tal vez esta era la oportunidad que había estado esperando. Si la bala alcanzaba a Crom, sería un golpe de suerte para Josh.

"Quédate donde estás y no te muevas hasta que te diga, Crom. Quiero echar un vistazo más cerca a esta cosa."

Josh retrocedió un poco y se tumbó boca abajo en el suelo, de cara al arbusto. Él extendió su mano hacia adelante lentamente, se apoderó del arbusto y ...

El rugido repentino fue ruidoso y sorprendente, incluso para Larkin que lo había esperado. La explosión casi rompió sus oídos y comenzó un terrible zumbido en sus oídos. Pero Crom fue aún más desafortunado. La bala lo atrapó directamente en el cofre y lo derribó tambaleándose hacia atrás. Perdió su arma en la caída y revoloteó como un pollo con la cabeza cortada.

Josh se puso de pie y corrió hacia el hombre herido, casi pisándole y riéndose en salvaje exaltación. Por Dios, ¡ahora era libre! Podría largarse de allí y volver al LR, mostrarle a Lucy que aún no se había librado de él, no por mucho. Tenía la sensación de que ella se sentiría decepcionada de verlo, pero eso haría que su regreso a casa fuera más dulce. Ya se sentía como si hubiera estado fuera durante semanas.

De repente se detuvo, y su rostro se calentó con ira. Lucy tal vez ni siquiera estaría en el rancho, por lo que él sabía. E incluso si lo fuera, estaría corriendo hacia aquí para ver a Bowdry a la primera oportunidad que tenía. Estarían hablando de él a sus espaldas y le diría a Bowdry qué lamentable hijo de puta era Josh.

"¡Por Dios, eso tiene que parar!," dijo en voz alta. "¡No, no volveré al rancho! ¡No hasta que Bowdry esté muerto! ¡Si no lo matan, yo apuntaré!"

Caminó hacia Crom, tan absorto en sus pensamientos violentos que ni siquiera notó al moribundo. Hablando consigo mismo, Larkin siguió por el tortuoso camino a través de las rocas en busca de Bowdry.

Bowdry oyó el sonido del arma y esperó que la bala hubiera alcanzado su objetivo. Él necesitaba toda la ayuda que pudo obtener. Pensó que era posible que esas armas escondidas con las cuerdas atadas a los gatillos pudieran significar la diferencia ya sea que saliera de esto vivo o no. Incluso si no mataban ni herían a nadie, lo ayudaban a realizar un seguimiento de los movimientos de los hombres de Wadley. Pero ahora no podría haber más de dos pistolas todavía sin disparar y podría haber una sola. Una vez disparadas, las armas serían inofensivas para el enemigo e incluso podrían ser utilizadas por ellos si tuvieran el tipo correcto de munición. Incluso podrían tropezar con algunas de las otras armas que Bowdry había escondido, las que no estaban preparadas, pero cargadas y listas para su uso inmediato, con un cinturón de cartuchos a mano.

A Bowdry no le habría importado tener al Greener con él, pero estaba demasiado lejos en la dorsal oeste, fuera de su alcance. Por lo menos ahora estaba vacío e inútil para los hombres de Wadley, ya que era poco probable que hubieran traído cartuchos para ello.

Bowdry había escogido el mejor lugar que podía encontrar y estaba esperando que vinieran a él. Sabía que si se movía, podría ser visto o escuchado, y quería verlos primero, o al menos uno de ellos. Después de disparar el primero, tendría que moverse.

El estaba protegido de tres lados por cantos rodados o afloramientos rocosos, con espacios entre los cuales podía ver y disparar. Detrás de él, ofreciendo algo de ocultamiento, había un cedro bajo y retorcido que se movía de vez en cuando con la brisa. Bowdry podía oír el crujido del cedro y sentir el fresco aliento del viento en la parte posterior de su cuello, pero en otras ocasiones era consciente de la creciente tibieza del sol, se había quitado su largo abrigo negro porque no lo necesitaba. Lo necesito, pensaba, pero obstaculizaba sus movimientos un poco. Seguía con su abrigo de pana ligero porque, aunque no paraba las balas, de alguna manera lo hacía sentir más seguro y menos expuesto.

El largo abrigo negro había colocado sobre una roca, parcialmente protegido por maleza, a poca distancia. Dudó si engañaría a alguien, pero valió la pena intentarlo.

Mientras pensaba en el abrigo negro, escuchó un pequeño susurro de sonido a su izquierda y luego el rugido repentino de un arma. Oyó que la bala golpeó la roca, el sonido amortiguado por el abrigo, y supo que su artimaña había funcionado.

Sin dar tiempo al tirador para descubrir su error, o recuperarse de su sorpresa, Bowdry se levantó con su arma lista y disparó en el instante en que vio al chico de cara dura. El niño estaba mirando a través del pincel al abrigo negro, y parpadeó maravillado, y no tuvo tiempo de apuntar su arma y dispararle a Bowdry. Inició el movimiento, tan rápido como una serpiente de cascabel en huelga, pero la bala de Bowdry lo hizo girar en la otra dirección. Cayó contra una roca y se deslizó hasta el suelo, dejando caer su arma.

El chico buscó a tientas para su arma y Bowdry, caminando hacia adelante, le disparó de nuevo. El chico gruñó ante el impacto de la bala y el arma se le escapó de los dedos. Cuando Bowdry se paró frente a él, el chico alzó una cara tensa y contorsionada en una terrible lucha. Pero sonrió a Bowdry y susurró: "No tienes ni una oración. Te matarán, y espero que lo hagan."

Bowdry no dijo nada. Miró silenciosamente morir al chico, y no sintió nada más que la sombría determinación de obtener tantos más como pudiera antes que ellos lo mataran. Y cuando se trataba de eso, tenía sus dudas sobre si quedaban suficientes para llevarlo a efecto.

"¿Qué demonios está pasando allá arriba?" rugió Rufe, sin pensar en el hecho de que estaba a casi un kilómetro de distancia. Estaba acostumbrado a gritar órdenes desde una gran distancia y obtener resultados. Pero ahora nadie le respondió. "¿Todavía no tienes a Bowdry?"

Aún sin respuesta. Entonces, aparentemente, Bowdry todavía estaba vivo, y los hombres de Rufe se estaban callando para no delatarse.

Rufe sacó su cigarro y lo encendió. En ese momento escuchó a un caballo caminar hacia él a través de las rocas y cedros a su derecha, y lo miró con ira, esperando ver a uno de sus hombres retrocediendo con un rasguño o simplemente medio muerto de miedo. Pero fue solo ese tipo elegante, Miles Hinton.

"¿Qué demonios haces aquí?," preguntó Rufe, medio enfadado y medio divertido. "Pensé que te había dicho que te mantuvieras fuera de estas colinas, antes de que salgas disparado la cabeza tonta."

El tipo tiró de la rienda para mantenerlo al corriente, un poco a su derecha. "Escuché disparos," dijo. "¿Hay una pelea en las rocas?"

"De cierto es, hijo," dijo Rufe, sonriendo indulgentemente. Parecía natural que llamara a Hinton "hijo," aunque este último no era más joven que él y podría haber sido incluso unos años mayor. Pero parecía tan joven y verde, y Rufe había sido el jefe del clan Wadley por tanto tiempo que se sentía como un hombre de mediana edad. "Hay una gran pelea en las rocas," agregó.

Los vidriosos ojos grises de Hinton brillaron de interés mientras contemplaba la empinada cresta rocosa. "Eso es lo que pensé," dijo. "¿Crees que les importaría si voy hasta donde puedo ver mejor?"

"Por qué, no," le aseguró Rufe, su sonrisa se hizo aún más amplia. Estaba fumando su talón de cigarro para hacerlo mejor. "Simplemente montan en las rocas hasta la cima de esa cresta y miran la pelea mientras se lo proponen. No les importará ni un poco."

"Bueno," dijo Hinton. "Creo que lo haré entonces, si te parece bien."

"No me importa, hijo," dijo Rufe, con una generosa ola de su cigarro. "Adelante, adelante. Pero no me vengas si te disparan en la cabeza."

"No creo que haya mucho peligro de eso," dijo Hinton, levantando las riendas. "Ah, por cierto, Harris Thacker me pidió que te diera un mensaje. Dijo que no deberías haber tomado sus cigarros. Dijo que ya era bastante malo cuando lo obligaste a firmar el rancho sin pagarle ni un centavo por ello. Pero cuando le hiciste dejar sus cigarros y sabía que estarías fumando en su casa, en su escritorio de oficina donde pasó tanto tiempo, dijo que fue entonces cuando decidió que no ibas a salir impune."

La amplia sonrisa de Rufe fue reemplazada por una oscura mueca. Se quitó la pulga rallada del cigarro de la boca y lo miró. "No entiendo. ¿Dónde viste a Harris Thacker?" Rufe frunció aún más el ceño. "¿Quieres decir que él vino por el hotel, corriendo su boca sobre nuestro pequeño trato? ¿Decir que lo engañé o algo así?"

"Yo no estaba aquí en ese tiempo," dijo Miles Hinton. "Vi a Harris Thacker en otro hotel en Carson City. Pero no estaba trabajando allí como empleado de recepción." Hinton observó a Rufe por un momento con sus brillantes ojos vidriosos grises. Luego agregó: "Me contrató para matarte."

Rufe Wadley miró al tipo bien vestido con asombro y resopló: "¿Deberas? ¿Cómo diablos vas a hacer eso?"

"Así," dijo Hinton simplemente, y desenfundando su arma con calma y sin prisa puso una bala entre los ojos abiertos y sorprendidos de Rufe.

Luego Hinton comenzó a descender a caballo por la ladera a través de los cedros y cabalgó hacia la cresta rocosa, con calma, reemplazando el cartucho gastado en su arma.

CAPÍTULO 23

En lo alto de las rocas, Bowdry oyó el disparo que mató a Rufe Wadley y vio que Miles Hinton venía sin prisa por la ladera sobre su alazán.

Pero Bowdry no tuvo tiempo de pensar en Hinton en ese momento, ni de preguntarse qué estaba tramando. Porque Zeb Wadley y Clete Anson se arrastraba por separado a través de las rocas hacia él. Ya los había visto a los dos, solo por un momento pero con la suficiente claridad como para reconocerlos, y por los ligeros sonidos que hacían, sabía más o menos dónde estaban ahora.

Bowdry descendió silenciosamente desde la orilla de la cresta, utilizando uno de los leves senderos con los que se había familiarizado, un sendero que zigzagueaba a través de las rocas, volvía sobre sí mismo y parecía no llevar a ninguna parte. Tardó unos diez minutos en llegar a un lugar que no estaba a más de seis metros por debajo de donde había estado antes.

Se detuvo detrás de una roca y observó en silencio a Zeb, que se arrastraba con dificultad por la pendiente áspera, con la cara roja y contorsionada, el sudor brillando en su barba. Jadeando por respirar, Zeb se arrastró más allá de Bowdry sin verlo, aunque este último no hizo ningún intento por esconderse. Lentamente se giró para ver pasar a Zeb.

Entonces Zeb de repente se detuvo, parpadeando para quitarse el sudor de los ojos. Volvió la cara con barba roja con cuidado y miró al sombrío y silencioso pistolero, que todavía no se movía ni hablaba.

La pistola de Zeb estaba en su mano, pero tendría que llevarla desde una posición incómoda para dispararle a Bowdry, que estaba detrás de él y hacia la izquierda, solo su cabeza y hombros sobresalían de la roca. Zeb sabía que nunca lo lograría, y después de un momento se encogió de hombros y arrojó su arma a un lado.

"Está bien, Bowdry," dijo con voz amarga. "Parece que tienes la ventaja de nuevo. Si prometes no disparar, me largaré de aquí, y esta vez no volveré."

La cara de Bowdry se hizo aún más dura y sus ojos azules más fríos, si eso era posible. Cuando habló, su tono era demasiado callado y brutal, y cuando terminé ya estaba levantando su arma para disparar sobre la roca. "Ya tuviste esa oportunidad. ¿Cuan grande maldito tonto piensas que soy?"

Disparó dos tiros rápidos que sonaron casi como uno, y Zeb se dejó caer sobre su espalda. La camisa sucia de Zeb se había levantado de sus pantalones, y su vientre blanco, manchado de rojo, luchó por un momento antes de dejar de respirar.

Una bala gimiente arrancó polvo de la roca junto a Bowdry. Se giró para ver a Clete, sus ojos verdes brillando con odio, bajó su pistola humeante para disparar de nuevo.

Bowdry disparó primero, una instantánea rápida, y Clete fue derribado sobre la roca detrás de él. Pero el hombre de cabello pálido se aferró a su arma, se levantó y disparó sobre la roca a Bowdry, que se agachó justo a tiempo.

Una bala de otra pistola, en las rocas detrás de Bowdry, le atravesó el hombro derecho y dejó caer el Ruso. Girando mientras caía, se quedó aturdido por un momento de espaldas a la roca, la sangre goteando sobre la acción de la pistola caída. Vio la cara sonriente de Josh en las rocas, mirando hacia abajo el brillante barril de un gran .45.

En las rocas detrás de Larkin, y tal vez desconocido para él, se encontraba el ex recepcionista, Miles Hinton, mirando a Bowdry con un destello de interés en sus vidriosos ojos grises, como preguntándose qué haría ahora. El Colt de Hinton, con mangos de hueso, todavía estaba en la pistolera, y era obvio que tenía la intención de quedarse atrás y esperar a que todo terminara, y luego matar a quien quedara.

Un pensamiento amargo recorrió el cerebro de Bowdry. Hijo de puta. Ahora cuando necesito al bastardo, él simplemente se para allí. Después de meterme en este problema.

"¡Hasta luego, Bowdry!," gritó Josh alegremente. "¡Ha sido lindo conocerte!"

Bowdry rodó hacia un lado, haciendo una mueca de dolor en el hombro derecho, y la bala de Larkin gritó en la roca cerca de él.

Siguió rodando, con balas gimoteando a su alrededor, hasta que estuvo en un cepillo y rocas donde tenía protección en ambos lados. Luego sacó al New Modelo Smith con su mano izquierda y lanzó un disparo que le arrojó polvo al rostro de Josh y lo hizo agacharse de la vista.

Bowdry dirigió su atención a Clete. Pero Anson también se perdió de vista y volvió a recargar su arma. Tanto él como Larkin habían intentado disparar a Bowdry mientras rodaba por la ladera.

"¡Déjame atrapar al bastardo, Josh!," llamó Anson a Larkin. "¡Lo deseo matar muy mal por este agujero que puso en mi lado!"

"¡Muy bien, entonces es tuyo!," Respondió Larkin. Al no haber terminado Bowdry, sonaba un poco incómodo. "¡Pero si no lo matas, apunto como el infierno que voy a hacerlo! ¡El ha jugado con mi chica todo lo que va a hacer!"

Mientras hablaban, Bowdry flexionó su mano derecha e intentó sostener el arma. Pero todo el brazo estaba entumecido y rígido, y tenía problemas para moverlo. Sacudió la cabeza y tomó el arma con la mano izquierda, con una expresión de preocupación en los ojos. Cuando era niño había aprendido a disparar con cualquier mano, pero una pistola siempre se había sentido más natural en su mano derecha y esa era la mano que siempre había usado cuando su vida estaba en la balanza. Después de comprar una segunda arma, la tenía guardada en la cintura con la culata a la derecha o en una funda cruzada, en ambos casos para que la sacara y disparara con la mano derecha. Pero ahora tendría que manejar el arma con su mano izquierda, y si él vivía o moría dependía de lo bien que lo manejara.

Todavía fuera de la vista detrás de su roca, Clete dijo maliciosamente: "Te vi lanzar ese tiro con la mano izquierda, Bowdry. ¿Su mano derecha está fuera de combate?"

"Tal vez mi mano izquierda es mi mano armada," dijo Bowdry.

"¿No lo deseas?," se burló Anson.

"Mejor pregunta a tu amigo hasta qué cercano llegó esa bala," sugirió Bowdry.

Al escucharlo, Larkin llamó a Anson," ¡Llegó muy cerca! Será mejor que tengas cuidado, Clete! ¡Él no está fuera de acción por un largo intento!"

Después de un momento, Anson volvió a llamar," ¡Si tienes una buena oportunidad con él, Josh, deja que el bastardo lo tenga!"

Bowdry se rió en voz baja, y Anson lo escuchó.

"¿Demonios, de qué te estás riendo?" gruñó el hombre.

"No deberías haber venido aquí, amigo," le dijo Bowdry. "Si te vas esta vez, alguien tendrá que llevarte. Pero no será Larkin. Él no podrá."

"Ya veremos eso," dijo Anson. Entonces, de repente gritó: "¡Josh! ¿Me oíste, Josh?"

"¡Te oí! ¡Pero no lo he visto todavia! ¡Se está quedando atrás de algunas rocas y arbustos!"

'¡Si se mueve, que lo dispare! ¡Me estoy muriendo de sangre, maldición!"

Después de un momento, Larkin preguntó: "¿Nos quedan solo a nosotros dos, Clete?"

"¡Zeb y Rex están muertos! ¡Ese bastardo los mató! ¿Qué hay de Bones y ellos?"

"¡Ellos también están muertos! ¡Bowdry tenía un montón de pistolas que explotaban si alguien pisó en una cuerda! ¡Pero Crom se volvió loco y mató al viejo Bones cuando Bones intentó tomar su arma! ¡Pero creo que fue un accidente!"

"¡Entonces creo que somos los únicos que quedan! ¡Pero vi a alguien detrás de ti, Josh!"

"¿Detrás de mí?" preguntó Larkin en tono preocupado. "¿Dónde?"

"¡No lo veo ahora! ¡Creo que fue ese amigo de la ciudad, Miles Hinton!"

"¿Qué diablos está haciendo por aquí?," preguntó Larkin, mirando a su alrededor, por el sonido de su voz.

"¡El tonto probablemente solo quiere vernos morir!," dijo Anson con una voz extraña y asustada. "¡Creo que así es como se divierte!

¡Rufe ya lo atropelló una vez! ¡Si lo ves, dispare contra él y tal vez se vaya de aquí!"

"Es una buena idea," dijo Bowdry. "Sin embargo, una cosa podría interesarte, Josh. No solo le gusta ver a la gente recibir un disparo. Le gusta usar ese Colt con mango de hueso y esa escopeta en su rollo de manta. Todos esos hombres que todos creen que yo maté, él mató a la mayoría de ellos."

"¿Ese tipo?" Larkin se burló. "¿A quién intentas engañar, Bowdry?"

"Está bien," dijo Bowdry. "Tratas de darle un disparo y ver qué pasa."

"No puedes engañarme con un truco como ese," resopló Larkin. "Después estarás diciendo que está justo detrás de mí con un arma."

"Puede ser por todo lo que sabes."

"¡Vamos, Bowdry!," Gritó Clete roncamente. "¡Terminemos con esto!"

"Estaré contigo muy pronto," dijo Bowdry, mirando las rocas donde estaba Larkin. "¿Estás listo, Clete? Voy a consequirte."

"¡Adelante!"

A través del pincel, Bowdry vio que Josh se alzaba con su arma listo para dispararle por la espalda cuando atacó la posición de Anson. Bowdry levantó el Smith con su mano izquierda y disparó, y con un grito ronco Larkin se elevó aún más y luego cayó por el costado de un afloramiento rocoso de diez pies abajo, golpeando el suelo duro abajo con un golpe sordo.

Entonces Bowdry se giró y disparó contra Clete, que se había puesto de pie detrás de la roca con una pistola en cada mano y un brillo salvaje en los ojos. La camisa verde de Anson, ensangrentada más abajo en el lado derecho, ahora mostraba una mancha roja más arriba, en el centro exacto de su pecho. Por un instante, miró a Bowdry con odio asesino. Luego cayó hacia adelante, tan rígido como una estatua volcada en un museo, disparando ambas pistolas al suelo.

Bowdry se aseguró de que Clete estaba muerto. Luego se dirigió hacia Josh por encima del afloramiento rocoso, sosteniendo el Nuevo Modelo listo en su mano.

Larkin todavía estaba vivo, e incluso logró sentarse cuando Bowdry se le acercó. Miró preocupado la cara dura de Bowdry, y luego miró a uno de sus pistolas de mango blanco que estaba cerca. Pero él no intentó agarrar el arma. Podía morir de todos modos, pero no quería apresurar las cosas, y todavía había una posibilidad de que hablara para salir de esto.

Bowdry se sentó sobre una roca plana, favoreciendo su hombro derecho, apuntando el arma amartillada casi casualmente a Larkin.

La cara de Larkin se puso un poco roja. Parecía avergonzado, se disculpó, como un niño atrapado en el parche de sandía de alguien. Bowdry podría haberle dicho que era un poco más serio que eso, pero el pistolero permaneció en silencio. Nada de lo que había dicho últimamente había hecho nada bueno. Toda esa charla, pensó, es decir, su propia conversación, cuando les había advertido que lo dejaran en paz. Solo es una pérdida de tiempo. Sabía que no serviría de nada, pero sentía que tenía que intentarlo. Ahora todo había terminado y no había nada más que decir.

Larkin miró la sangrienta parte delantera de su camisa. "Creo que jugué el infierno, ¿no?," dijo.

Bowdry simplemente encogió su hombro bueno. La pistola en su mano izquierda, todavía entrenada en Larkin, no titubeó.

"Esa maldita Lucy," dijo Larkin amargamente. "Ella me atrapó para que no pudiera pensar inteligentemente. Jugando sus malditos juegos tontos. Corriendo por aquí alguna vez, tuvimos algunas palabras y dejé que ese anciano pensara que quise matarla o algo así si yo pudiera ponerle las manos en ella. Y él me detuvo con esa escopeta. Fue suficiente para volver loco a alguien. Pero nunca lo maté."

"Lo sé," dijo Bowdry en voz baja.

Larkin lo miró sorprendido. "¿Ya sabes eso? ¿Entonces sabes cómo fue?"

"Creo que si."

"Sé quién era," dijo Larkin. "¡Fue Lucy!"

Bowdry guardó silencio.

"¿No me crees?," preguntó Larkin. "No he dicho nada hasta ahora, pero no voy a tratar de protegerla más, de la forma en que ha estado actuando últimamente. ¿Por qué crees que aún vení aquí esa noche? La estaba mirando de pie. Pero cuando llegué, ella ya se había ido y ese viejo estaba tirado en el suelo en un charco de sangre. En el momento en que lo vi, supe que ella lo había matado. Ella nunca había dicho nada sobre el asunto y no sé por seguro qué pasó. Pero tuve la sensación de que ese anciano le dijo que no volviera más y ella agarró su arma y le disparó. Vi el arma tirada en el piso donde la dejó caer cuando salió corriendo por la puerta."

"El arma estaba muy cerca del viejo," dijo Bowdry. "Podría haberlo dejado caer cuando se cayó. Se había disparado un sólo cartucho, pero podría haber disparado contra quienquiera que lo haya matado."

"Estás equivocandote a ti mismo, Bowdry," dijo Josh. "¡No crees que ella lo haya hecho porque no quieres creerlo!"

"No caminé hasta aquí para hablar sobre ella o el viejo", dijo Bowdry. "Ya había decidido que no lo mataste y que iba a dejarte en paz. Pero no me dejaste a mi en paz. Has estado tratando de matarme desde el principio. Intentando que los Wadley hagan tu trabajo sucio por ti. Cuando comenzó a parecer que no harían bien el trabajo, trataste de ayudarlos a terminar conmigo."

"¡Eso es lo que he tratado de decirte!," exclamó Larkin. "¡Fue a causa de ella! Ella me sacó de mi cabeza con celos, ¡así que ni siquiera sabía a medias lo que estaba haciendo! ¡Es culpa de esa puta! Pero no te molestaré más. He aprendido la lección esta vez."

"He oído eso antes," dijo Bowdry, y tocó el gatillo del Smith & Wesson. El arma explotó y Josh lo miró con incredulidad, luego se desplomó hacia adelante.

Bowdry enfundó su arma y se puso de pie, usando su mano izquierda para levantarse. Luego, sosteniendo su brazo derecho con su mano izquierda para aliviar un poco su hombro dolorido, avanzó lentamente a través de las rocas hacia el lugar donde guardaba su caballo. Al pasar, su mirada sombría tocó el cuerpo tendido de Clete. Los hombres de Wadley estaban todos muertos, Josh Larkin estaba muerto, y Bowdry tendría un hombro rígido por un tiempo. Solo Miles Hinton, que había causado todos los problemas, seguía sin rasguños.

Bowdry se detuvo en seco, el pelo corto de pie en la parte posterior de su cuello. Parecía imposible, pero se había olvidado por completo de Hinton. Había olvidado que el asesino se ocultaba por allí, con pocas dudas esperando para asesinar a cualquiera que quedara con vida cuando terminara la pelea, incluso si era Bowdry. Porque Hinton no querría dejar vivo a Bowdry. Bowdry sabía o sospechaba demasiado sobre él, y podría decir las cosas incorrectas a las personas equivocadas. ¿Y qué era un hombre muerto más para alguien como Hinton?

Bowdry escuchó un ligero sonido detrás de él y se volvió, y allí estaba Hinton con un arma en la mano y una sonrisa lobuna en la cara que desmiente su ropa agradable y modales pulidos.

"No creo que te necesite más, Bowdry," dijo Hinton en un tono de conversación. "Pero estoy obligado por todo lo que has hecho. Has sido muy útil."

Levantó el Colt de acero azul y comenzó a apretar el gatillo. Pero en ese instante un rifle se desprendió de las rocas sobre ellos y Hinton se puso rígido, con una extraña mirada mientras miraba más allá de Bowdry por la pendiente. Un momento después, se echó hacia delante y disparó su pistola al suelo.

Bowdry volvió la cabeza y vio a Lucy de pie en las rocas con un Winchester, que bajó lentamente.

Bowdry, con el hombro vendado y el brazo en cabestrillo, condujo el castaño oscuro hasta el pozo de agua, y luego a la cabaña vieja, habiendo ensillado al caballo con cierta dificultad. El ruano fresa se mantenía cerca del corral, y Lucy, manejando una pala como un hombre, estaba trabajando en una tumba nueva junto a la del anciano.

Bowdry se sentó en la entrada de la cabaña y observó en un sombrío silencio hasta que terminó de poner rocas en la parte superior de la tumba y se acercó con la pala.

"No te importa, ¿verdad?," preguntó ella. "¿El enterrarlo allí?"

Bowdry se encogió de hombros. "¿Por qué debería importarme?"

"Eso es correcto," dijo ella. "Siempre me olvido. El anciano no era nada para ti."

Se giró y miró hacia las tumbas, con la pala todavía sobre su hombro. "Parece apropiado de una manera. Lo enterró junto al hombre que mató."

Bowdry la miró. "Dijo que tu mataste al viejo."

Ella lo miró con asombro, con la boca abierta antes de hablar. "¡Dijo que lo maté!"

Bowdry asintió con la cabeza, sonriendo débilmente.

Su cara se enrojeció detrás de las pecas y frunció el ceño ante la tumba de Larkin. "¿Por qué, ese mentiroso y hijo de—? ¿Por qué iba a decir una locura como esa?"

Bowdry nuevamente movió su hombro izquierdo. "Creo que él creía que realmente mataste al viejo. Justo como crees que era él."

"¿No era él?"

"No lo creo," dijo Bowdry.

Ella lo miró un momento, y de repente exclamó: "¿No crees que fui yo, verdad?"

Sacudió la cabeza. "Nunca pensé realmente que era tú. Creo que podrías haberlo hecho. Pero hubieras dejado alguna señal, y no había ninguna. Eso me hizo estar bastante seguro de que no era tú, y cuando me pediste de su caballo, eso me convenció. Si lo mataste, no querrías que el caballo te lo recordara."

Lucy tragó saliva y miró en silencio hacia las tumbas, con los ojos húmedos. Luego miró a Bowdry con perplejidad. "Si no fuera Josh o cualquiera de los Wadley, ¿quién fue?"

"El hombre que disparaste allí en esas rocas," le dijo Bowdry.

"¡Él! ¿Por qué demonios mataría al anciano?"

Bowdry se encogió de hombros. "¿Por qué mataría a cualquiera de los hombres que mató? ¿Por qué trataría de matarme? Tal vez solo le gustaba matar. Pero mi suposición es que mató al anciano para que empezara este problema. Sabía que todos pensarían que eran los Wadley, y que si tuviera cuidado, podría matarlos a todos querría y todos pensarían que fui yo quien lo hizo."

"¿Pero por qué querría matarlos? Debe haber tenido alguna razón."

"Me imagino que alguien lo contrató."

"¿Harris Thacker?"

Bowdry asintió. "Esa es mi suposición."

"Todo es solo una suposición, ¿no? Ni siquiera estás seguro de que haya matado al señor Pollard."

"Es el único que sé que podría haberlo hecho sin dejar ninguna señal. Ese hombre era muy bueno en cubrir sus huellas. Si no era él, tenía que ser Larkin—el tenía que ser el mentiroso más convincente con el que alguna vez me haya enfrentado."

"Él era eso, de cierto," dijo Lucy, mirando hacia las tumbas. "Podía hacerme creer que las cosas que sabía verdaderas no eran ciertas, y odio pensar en todo lo que él te hizo creer en mí."

"Realmente no importa," dijo Bowdry, poniéndose de pie. "Ya es hora de que me vaya de aquí."

"Tú y yo los dos," dijo Lucy. "Debí haber salido de aqui hace mucho tiempo, pero no pude lograr que Josh fuera conmigo. Ahora voy por mi propia cuenta." Miró a Bowdry. "A menos que quieras una compañera. Podría cocinar y vigilar ese hombro por un tiempo."

Bowdry se encogió de hombros. "Complácete tú mismo. Pero si te levantas una mañana y no me encuentras, no digas que no te advertí."

Lucy sonrió. "Eso es lo que Josh me dijo, y salía mucho. Pero él siempre regresaba, y si trataba de irme, siempre venía detrás de mí."

"No soy Josh."

"Lo sé. Eso me preocupa solo un poco."

Al salir del país, se vislumbraron aquí y allá en la distancia, un hombre alto con un castaño oscuro y una mujer pelirroja con un ruano de fresa. Pero luego se desvanecieron en el desierto y después de eso nadie reportó haber vuelto a verlos. Cuánto tiempo permanecieron juntos, o qué pasó con ellos, nadie lo sabe.

Recuerdos medio olvidados de hombres ahora muertos, un arma vieja con restos de sangre en el mango de nogal, encontrados en las rocas sobre la cabaña Pollard, no queda mucho más después de todo este tiempo.

--Fin--

Gracias por leer
El Hombre Llamado Bowdry
por Van Holt.

Si le gustó esta historia, favor de dejar un revisto en Amazon.

Estamos traduciendo más do los siguientes libros a español.

Más libros sobre el oeste antiguo por Van Holt:

Blood in the Hills
http://amzn.to/16jWNvB

Curly Bill and Ringo
http://amzn.to/Z6AhSH

Dead Man's Trail
http://amzn.to/ZcPJ47

Death in Black Holsters
http://amzn.to/1aHxGcv

Dynamite Riders
http://amzn.to/ZyhHmg

Hellbound Express
http://amzn.to/11i3NcY

Hunt the Killers Down
http://amzn.to/Z7UHjD

Riding for Revenge

http://amzn.to/13gLILz

Rubeck's Raiders
http://amzn.to/14CDxwU

Shiloh Stark
http://amzn.to/12ZJxcV

Shoot to Kill
http://amzn.to/18zA1qm

Six-Gun Solution
http://amzn.to/10t3H3N

Six-Gun Serenade
Coming Soon!

So Long, Stranger
http://amzn.to/16c0I2J

Son of a Gunfighter
Coming Soon!

The Antrim Guns
Coming Soon!

The Bounty Hunters
http://amzn.to/10gJQ6C

The Bushwhackers
http://amzn.to/13ln4JO

The Fortune Hunters
http://amzn.to/11i3VsO

The Last of the Fighting Farrells
http://amzn.to/Z6AyVI

The Long Trail
http://amzn.to/137P9c8

The Man Called Bowdry
http://amzn.to/14LjpJa

The Stranger From Hell
http://amzn.to/12qVVqd

The Vultures
http://amzn.to/12bjeGl

Wild Country
http://amzn.to/147xUDq

Wild Desert Rose
http://amzn.to/XH7Y27

Brought to you by Three Knolls Publishing
Independent Publishing in the Digital Age

www.3knollspub.com